VIRGEM LOUCA, LOUCOS BEIJOS

Obras do autor

Abismo de rosas
Ah, é?
Cemitério de elefantes
Chorinho brejeiro
Contos eróticos
Crimes de paixão
Desastres do amor
Dinorá – Novos mistérios
234
Em busca de Curitiba perdida
Essas malditas mulheres
A faca no coração
A guerra conjugal
Lincha tarado
Meu querido assassino
Mistérios de Curitiba
Morte na praça
Novelas nada exemplares
Pão e sangue
O pássaro de cinco asas
A polaquinha
O rei da terra
A trombeta do anjo vingador
O vampiro de Curitiba
Virgem louca, loucos beijos

DALTON TREVISAN

VIRGEM LOUCA, LOUCOS BEIJOS

4ª EDIÇÃO

EDITORA RECORD
RIO DE JANEIRO • SÃO PAULO
2002

CIP-Brasil. Catalogação-na-fonte
Sindicato Nacional dos Editores de Livros, RJ.

T739v
4ª ed.
Trevisan, Dalton, 1925-
　　Virgem louca, loucos beijos / Dalton Trevisan.
　　– 4ª ed. rev. – Rio de Janeiro: Record, 2002.

　　1. Contos brasileiros. I. Título.

79-0604
CDD – 869.9301
CDU – 869.0(81)-34

Copyright © 1979 by Dalton Trevisan

Direitos desta edição reservados pela
DISTRIBUIDORA RECORD DE SERVIÇOS DE IMPRENSA S.A.
Rua Argentina 171 – Rio de Janeiro, RJ – 20921-380 – Tel.: 2585-2000

Impresso no Brasil

ISBN 85-01-01567-9

PEDIDOS PELO REEMBOLSO POSTAL
Caixa Postal 23.052
Rio de Janeiro, RJ – 20922-970

EDITORA AFILIADA

SUMÁRIO

Virgem Louca, Loucos Beijos 11

O Beijo Puro na Catedral do Amor 61

Mais Dores, Mais Gritos 66

O Baile do Colibri Nu 74

Orgia de Sangue 79

O Quinto Cavaleiro do Apocalipse 85

VIRGEM LOUCA, LOUCOS BEIJOS

VIRGEM LOUCA, LOUCOS BEIJOS

— Minha mulher não me compreende. Mais nada entre nós. Fez da minha vida um inferno. Só de pena dos filhos não me separo.
O primeiro beijo roubado.
— Tão carente de amor. Estou perdido por você. Teu futuro é ao meu lado. Aqui na firma. Não atrás de um balcão.
No segundo beijo com a mão direita no pequeno seio. De tanta pena — não sofre demais com a mulher? — a menina começa a gostar de João.

— Ninguém pode saber. Tudo será diferente. Um segredo de nós dois.

Daí ela chora muito. João tem mulher — ai, que antipática — e quatro filhos, de um a sete anos.

— Você é a moça que eu quero. Amanhã vamos à praia. Leve o maiô.

Saem bem cedo. Em duas horas chegam ao hotel. Ele entra de carro pelos fundos. Sobem direto para o quarto.

João vai ao banheiro. Abre a ducha, volta com a toalha na cintura. Peludo que dá medo. Sentadinha na cama, a sacola com o maiô.

— E você, Ainda de roupa?

Sem graça:

— Pois é.

Ele deita-se. A vez de Mirinha ir para o chuveiro. Toda vestida de novo.

— Ué, não tem mais toalha?

Blusa branca de renda e saia azul, estende-se ao lado dele. Olha-a na penumbra e sorri. Afaga o longo cabelo dourado. Desabotoa a blusa. Tira o sutiã — sabe o que é um peitinho de quinze anos?

Ela um passarinho morto. Mas o coração aos pulos. O que é que ele quer? Cada vez mais perto.

— Nunca teve namorado?

— Credo, João.

Beijo molhado de língua. "Como foi a toalha parar no chão? De mim o que fazendo?" Ele abre o fecho da saia. Só de calcinha. Toda fria, pesada, mole. O peitinho, como bate. E começa a chorar.

— Quero ir embora.

— Seja bobinha. Já passa.

Ao tirar a calcinha, ele rasga. Puxa com força e rasga. Vai por cima. Ó mãezinha, e agora? Com falta de ar, afogueada, lavada de suor. Reza que fique por isso mesmo.

Chorando, suando, tremendo — o coração tosse no joelho. Ele a beija da cabeça ao pé — mil asas de borboleta à flor da pele. O medo já não é tanto. Ainda bem só aquilo. Perdido nas voltas de sua coxa, beija o umbiguinho.

Deita-se sobre ela — e entra nela. Que dá um berro de agonia: o cigarro aceso queimando em carne viva. — Pára. Ai, ai. Que você me mata.

Até que suspira fundo e todo se espicha. A pobre chora, gostoso. Ele senta-se, vê o sangue, bota a mão na cabeça.

— Não me diga. Virgem?
— Decerto.
— Por que não avisou?
— O que você fez? Parecia louco.

Mais que se lave e se vista ainda sangra. Soluçando, joelho bem apertado:

— O que será de mim? É só minha mãe olhar.

Ele faz perguntas, aflito pelo quarto:

— Meu Deus, você está grávida.
— Ai, me acuda. Não pode ser.

Tudo ele explica.

— Puxa, como é burrinha.

Na calcinha rasgada ela dá nó. Desce a escada com miúdo passo de gueixa, apoiada no corrimão. Com fome, não aceita o sanduíche — os dois ele come sozinho. Sem falar durante a volta. Chorando arrependida.

— Não chore, meu bem. Cuido de você. Só peço paciência. Que tenho família grande.

Basta a mãe olhar:

— O que você tem?

Vontade de falar, obriga-se a ficar quieta. Não come nem dorme. Quinze dias depois:
— Não veio, João.
Pronto, as mãos na cabeça:
— Por que a mim? Só a mim?
Bate o longo cílio no olho negro, sempre a ruga na testa.
— Tem certeza que fui eu?
— E você, João, será que duvida?
Ele mesmo aplica a injeção — é tarde. Mirinha faz o teste do sapo. A consulta para as seis da manhã. Tem de enfrentar sozinha, João não pode ser visto.
— É menina corajosa.
Disse para a mãe que, tanto serviço, não vai almoçar. Na salinha veste a camisola, nem sequer limpa. A enfermeira resmunga:
— Cedo começa, hein, menina? Não adianta chorar.
Com a injeção debate-se e foge, os pés enterrados na lama.
— Meu Deus, me ajude. Que eu não morra.
O médico diz bom-dia. Ela nem pode responder. Acorda às cinco da tarde no sofá viscoso. Dói muito, sente-se imunda, entupida de algodão e gaze.
João à espera na porta:
— Nossa, como está pálida.
Leva-a para o escritório, afundada no velho sofá de couro.
— Não vá morrer, menina.
Ele traz franguinho e cerveja preta — come tudo sozinho.
— Graças a Deus, estamos livres.

Dez da noite, deixa-a na esquina. Arrasta-se até o portão, de costas na parede. O grito da mãe:
— O que você tem?
— Só meio fraca.
A pobre aviva as brasas e benze com galhinho de arruda:
— É mau-olhado.
A menina confessa tudo para dona Marta:
— Só não conte para minha mãe.
E a dona risonha no dente de ouro:
— Pode confiar, minha filha.
Sofredora, abandonada pelo marido, embrulha balas para viver. Despeja o latão sobre a mesa com farinha de trigo para não colarem. Espalha-as com a lâmina da faca — as quebradas são devolvidas. Seguindo a novela na tevê, ligeirinho as enrola — azedinhas, de ovos, hortelã — no papelucho transparente. Fim de noite, a mesa coberta com um pano branco.
— Me conte, menina. Tudinho.
Se você ergue o pano dá com as balas pretas de formiguinha. Pela manhã outra vez limpas, a negra nuvem some nas frestas do soalho, dormindo de dia e empanturrando-se à noite.
Ela se fia na santíssima dona Marta. Dia seguinte, ao chegar, depara na sala com a mãe, ao lado da irmã. O pai sofre do coração e não pode se incomodar, sempre no boteco.
— Entre aqui. Vamos conversar.
— O que é essa fumaceira no quintal?
O costume de chegar, jogar a bolsa na cama, ir para a cozinha. Em vez de entrar no quarto, firme aperta a bolsa no peito.
— Não tem vergonha? Com um velho? Não sabe o que é ser moça?

15

— E a senhora me ensinou?
Ainda se lembra quando correu para a irmã: "Meu Deus, eu me machuquei. Não sei o que fazer. Todo esse sangue."
— Vagabunda. Vá atrás do teu macho. Vá.
Um pingo de água quente no olho:
— Aconteceu, mãezinha. Sinto muito. O pior já passou. Ele gosta de mim.
Chorando corre para o quarto. Abre a porta: vazio. Sem cama, sem guarda-roupa, sem cortina. Na parede a mancha dos quadrinhos sumidos. Lá fora o colchão queimando.
— O que a mãe quer?
— Vá com o teu cafajeste. Ele cuida de você.
Telefona do bar da esquina:
— Minha trouxa no porão. O colchão minha mãe queimou. Não tenho onde dormir.
— Espere por mim. Já chego aí.
Deixa o carro na esquina. Ajuda-a com a trouxinha e o pobre acolchoado xadrez.
— Você dorme no escritório. Amanhã alugo um quarto.
Sentadinha, luz acesa a noite inteira, entre mesas e arquivos.
— Por ele perdi meu pai e minha mãe.
Ainda ouve os gritos:
— Escolha. Teus pais ou teu cafajeste. Por mim te odeio. Para mim não é mais nada. Rua, vagabunda, rua. Lá em cima do armário. Não sei o que são aquelas pílulas?
De manhã ele chega alegrinho. E quer ali mesmo de pé contra a mesa da máquina.
— Amanhã pode ir para o ninho.
Entre quatro paredes só o pobre acolchoado.
— A situação da firma está ruim.

Sem fogão. Vivendo de beijo, sanduíche, golinho de café preto na garrafa térmica.
— Puxa, estou com fome.
— Minha mulher bem desconfia.
Um mês dorme no acolchoado debaixo da janela.
— Não tenho paz. Minha casa é um inferno. Maldita araponga louca da meia-noite.
Dá o dinheiro certo do café e, para ele, pãozinho com queijo derretido.
— Sem nada, João. Já faz dois meses.
Até que enfim:
— Veja um joguinho de quarto. E um fogão.
Ela escolhe lindo fogãozinho azul. Na falta de cortina o velho pano suspenso com grampo de roupa.
Sua alegria é fazer-lhe todas as vontades: pãozinho quente no forno, macarrão, bolinho de carne. Para ele o rico pastelzinho, para ela o cheiro de fritura no cabelo.
— Isso não é vida. Preciso de um som. Uma tevê.
No aniversário ele entra com a radiola e o disco de Carlos Gardel.
Nem assim a moça pára de chorar.
— Que tal uma tevê pequena?
Desde o primeiro dia no programa que ele prefere.
— Escuta, Mirinha. Você ligou para minha casa?
— Credo. Eu não.
— Alguém me entregou.
— Por Deus do céu.
— Da loja alguém telefonou. Três prestações atrasadas.

A mulher descobre, furiosa. Uma cena terrível diante dos filhos.
— Aquela corruíra nanica.
De tarde a dona surge no escritório.
— Você que é a Maria?
— Sim, senhora.
— Onde você mora?
— Com meus pais.
— Tem irmão?
— Duas irmãs. Uma casada.
Expulso da cama pela mulher, dorme no apartamento. Mano a mano com o grande Gardel, enquanto ela o adora, ajoelhada no tapete.
— Sabe o que mais? Largo a bruxa e fico aqui. Ah, não fossem os quatro filhos.
Com as pobres economias compra lembrança para ele. Ganha em troca perfuminho barato.
— Amanhã não posso te ver.
A própria noite de Natal.
— Está bem.
De volta do escritório vê no balcão da sala a bandeja e os copos de vinho. Na cozinha a frigideira nova. Um jogo de toalhas no banheiro. E sobre a cama o ramo de rosas vermelhas. Tão feliz acaba chorando.
Onze e meia da noite ele abre a porta:
— Deixei o pai na mesa. Só para te ver.
Guarda-a longamente nos braços, sem fazer nada.
— Você que me serve. É a mulher para mim. Em casa estou só.
Espiada pelo velhinho tarado de binóculo:
— Ainda não pode a cortina?
— Tive de pagar o colégio dos meninos.
— Não sei a quem pedir. Só a você.

— Eu mato esse velho sujo.

O dia inteiro no escritório, já não recebe salário.

— Aquela megera me fechou a porta.

Bem cedo, antes do café, ele a procura:

— Vem cá, meu bem.

Sem carinho, apressado. No almoço, outra vez. E de noite mais uma vez. Uma posição só, entra e sai, pronto. Ela cada vez mais fria.

— Essa a vida de uma mulher?

Mais magra cinco quilos. Pálida, abatida, sempre cansada. Não a leva a nenhum lugar. Nem admite visita. Desconfiado de dona Marta.

— Nunca mais quero ver essa mulher. Cara de alcoviteira.

Sem ânimo de ouvir disco nem ligar tevê. Ela tem um sonho: O pai caindo ali da janela. Olha para ela, tão triste: *Você errou, minha filha. Você errou.* De braços abertos salta no vazio. *Só por tua causa.* Ela acorda chorando. De manhã João chega e sem palavra agarra-a de pé contra a porta.

— Por que não veio? Fico tão sozinha.

Olho vermelho de tanto chorar.

— Não pude.

— Eu quero a Lili.

— Ela não presta. É moça de programa.

— É minha irmã. Preciso dela.

E descreve o sonho.

— Isso é bobagem. Não é nada.

— Não posso mais de saudade. Você quer me proibir?

— Escolha. Eu ou ela.

— Então ela.

João abre a porta.

— Vá embora. Já. Para sempre.

A moça telefona da esquina:
— Lili, preciso de você.
Abraçam-se em lágrimas e risos.
— Largue esse bandido. Volte para casa. A mãe te aceita.
— Sonhei com o pai. Ele está bem?
— Agora está. Um ataque do coração.
Para castigá-la João não fala, arredio e soberbo. O velho pai, doutor Paulo, pede-lhe que a deixe.
— E por que não me deixa? Mais só do que já estou?
Desfrutada pelo noivo, Lili expulsa de casa. A mãe, vingadora:
— De hoje em diante só tenho uma filha.
É a mais velha, casada.
— Não tem onde dormir. Fica uns dias comigo.
— Ela não vale nada. Agora tudo mudou entre nós.
— Mesmo que não preste. É minha irmã.
Não permite que sente com eles à mesa. Lá na sala, a infeliz, braço cruzado diante da tevê.
— Você mudou, João.
— Por causa dela. É tua culpa.
A irmã dorme com ela na cama de casal.
— Agora troque o lençol. Tenho nojo. Ela anda com mil homens.
Já não é o mesmo. Nem ela — sem coragem de enfeitar-se, assar o bolo de fubá, ensaboar a camisa de seda.
— Vou à casa da mãe.
— Ué, não te proibiu de pisar no portão?
— Já perdoou.
— Fazer o quê?
— Estou com saudade.
Inocentemente vai ao cinema com a irmã.

— Se ele me vê estou perdida.
— Seja boba.
— Você não conhece. É violento.
Noite seguinte chega mansinho.
— Venha aqui. Sente ao meu lado.
— Não vê que estou ocupada? O que você quer?
— Conversar um pouco.
Ela senta-se na ponta do sofá.
— Aonde foi ontem à noite?
— Eu ia ver a mãe e não fui.
— Por que mentiu?
— Saí com a Lili.
— Nunca pensei. É igual à sua irmã. Bem meu pai disse que você não presta.
Furioso arranca a radiola, joga no chão, pisoteia.
— Se quiser pode quebrar tudo.
— Você não presta. Não merece o que fiz. Bobo, ia deixar minha família.
Sai batendo a porta. Uma semana sem aparecer. No escritório só bom-dia e boa-tarde.
— Como é que é? Tua maldita irmã?
— Está comigo.
— Não desiste? Assim não dá. Ela vale mais que eu? Você acaba me perdendo. Se não me respeita, pode sair. Daqui e do escritório.
O sol brilhando em todas as janelas.
— Amanhã vou à praia com a Lili.
— Se for eu te mato. Não vê que não é companhia para você?
— Então me leva?
— Não posso. Prometi ir com a família.
Para a irmã:

21

— Não me leva a lugar algum. Nunca mais ao cinema. Boate nem se fala. Sou prisioneira. Não agüento mais.

— Olhe, vou por uns dias ao Rio. Por que não vem?

Enche-se de coragem:

— João, sabe? Mamãe vai a São Paulo. Visitar minha avó. Eu queria ir junto. Deixa eu ir? Vou com a mãe e o pai.

— O hotel é caro. Os negócios não estão bem. Não posso gastar.

— Durmo com a mãe. Ao pé da mesma cama. Deixa, João. Só para me distrair. Nunca saio. Dois anos fechada nestas quatro paredes.

— Quanto você precisa?

A boba pede um dinheirinho — ele dá a metade.

— Com pena de deixar você.

— Não faz mal. Só três dias. Eu te levo até o ônibus.

— Deus me livre. A mãe não pode te ver.

De malinha e sacola na mão:

— Olha ele ali.

Que ronda o edifício. É o mesmo João que entra no barbeiro? Pulam as duas no táxi — e se ele viu?

— Agora é tarde.

Instaladas no apartamento da amiga de Lili. Ela promete voltar no domingo. Passa domingo, segunda, terça. Na quarta ele não resiste, vai espiar a casa da mãe: toda iluminada. "Então ela já veio. Por que não volta para o ninho?" Na quinta João liga para a mãe:

— Em São Paulo tudo bem?

— Quem é?

— O João. A Mirinha me disse que ia com a senhora. Ela dormia nos pés da mesma cama.
Bem que braba, a velha ri gostoso.
— As duas estão no Rio. Nem sei até quando.
Dez dias depois ela quer voltar, muito infeliz. A irmã, não. Mirinha disca para o escritório.
— Alô? Mirinha? Sei que é você. Me diga onde está. Vou te buscar. Fale, meu amor. Não faça isso comigo.
Sem poder falar, desliga. O dinheirinho no fim. Lili faz programa? Vinte dias passados. Ela sonha com a irmã casada. Telefona para o cunhado.
— Ela não está. Foi para o hospital. É um menino.
No hospital o encontro com a mãe. Dura, nega-lhe o beijo. No espelho se vê loirinha e bronzeada — o risco branco do maiô no ombro roliço. Às seis da tarde:
— Oi, tudo bem? Estou aqui.
Em cinco minutos ali chega. Mais magro, pálido, de olheira.
— Pensei nunca mais viesse.
Assim que entram no carro não pára de beijá-la.
— Quer que eu volte?
— Pegue. Não vê?
— Puxa. Tudo isso é saudade?
Não é o caminho do apartamento.
— Para onde vai?
— Dando uma volta.
Estranha, mas não se assusta. Quando vê, uma estrada deserta.
— Aonde está indo?
— Só passeando.

Acende os faróis. De um lado, mato e, de outro, arame farpado. Ele sai do asfalto. Buracos na estradinha de barro. Olha para ele. Não são bolhas de espuma no canto da boca? Sem aviso a esbofeteia.
— Está louco?
Sobe e desce aos solavancos.
— Você não presta. Uma puta. Me enganou. Traidora.
— Me deixa explicar.
Olho de bicho que brilha no escuro.
— Assim que dormiu nos pés de sua mãe?
— Você me obrigou.
— Já tinha um macho te esperando.
Outro bofetão. Mais outro que rebenta a alça do vestido. Dirigindo aos pulos e batendo. Ela arranha-lhe o pescoço.
— Tua família não presta.
Aí ela se ofende.
— Não fale da minha família.
Dá um pequeno soco no rosto. "Ai, por quê?" Ele pára o carro.
— Hoje é o dia. Que eu te mostro. Acha que sou manso, acha?
Ela chora e retorce a mão.
— Olhe o que fez. O meu vestido novo.
— Não é só o vestido. Vou te fazer em pedaço. Já não precisa de roupa.
Ainda quer defender o lindo vestidinho vermelho. Em vão: ele rasga em tiras. Deixa-a de calcinha.
— Vagabunda. Nem usa sutiã.
Lá se vai a calcinha em dois farrapos.
— Por que mentiu, sua puta?

Livra-se do paletó, a camisa — é branca, isso ela nunca esquece — ensopada de suor. Quando bate, ela se arrepia com a mão viscosa.

— Você me obrigou. Esqueceu de mim. Me deixou passar fome. Humilhou a minha irmã.

— Não te perdôo. Jamais eu te perdôo. E desce já do carro. Sua cadela.

Sem nada no corpo mais lindo do mundo.

— Não desço. Veja como me deixou.

— Desce. E é já. Sua bandida. Hoje o teu fim. Você fica aqui. Nunca mais ninguém te vê. Já não precisa de roupa.

Grande olho fosforescente de cachorro louco. Espuma no dente de ouro. Uma pedra rola nos dentes. E tapa e soco e bofetão.

— Chega de me bater.

— Então desce do carro. Ah, não desce?

Abre o porta-luva e saca o facão da bainha.

Ela pensa: É agora. Deus, ó Deus, me ajude. Que esse homem me mata.

— Eu errei. Me perdoe. Está bem. Se acalme. Você parece doido. Eu desço. Faço o que quiser.

— Nojo de você. Te odeio até a morte. Nunca esperei isso. Hoje é o teu fim. Ninguém vai saber.

Ela desce cobrindo-se com os trapos. João guarda o facão. Dá a volta e abre o porta-mala.

Ela pensa: Agora me mata e esconde aí dentro.

— Pegue aqui.

Traz na mão uma pá e uma enxada.

— Não pego.

— Venha aqui, desgracida.

Obrigada a se arrastar debaixo do arame farpado, o joelho sujo de terra. E ali o buraco já esperando. Bem fundo, no tamanho dela. Quando vê,

25

chora ainda mais. Como se livrar? Ele adivinha, corre, agarra pelo braço.

— Aqui você fica. Daqui não sai. É o teu fim. Conhece que está morta.

E não está mentindo. Olha para a cova, espumando. Sacode-a com força.

— Aqui não me engana. Com teu macho. Não será de mais ninguém.

Ela fecha os olhos: "Meu Deus, me acuda. É agora."

— Está bem, João. Seja o que você quiser. Só digo uma coisa. Minha vida é um lixo. Você me desfrutou. Me tirou de casa. Perdi meu pai e minha mãe. Meu sobrinho que acaba de nascer. Só quero te avisar. Pense bem. O doutor Paulo o que vai dizer? Você é pai de cinco filhos. Eles serão apontados na rua: "Teu pai é um assassino. Matou a própria secretária."

É Deus que põe as palavras na boca. Falando e olhando para ele. Que pára de espumar. O olho perde o brilho de loucura. De repente começa a chorar.

— Mirinha, meu amor. Nunca pensei. Você me deixou. Não sabe o que sofri. Me abandonou. Telefonou e não disse uma palavra. Me senti perdido. Que gostava tanto de você. Nunca eu pensei. Se não é minha não é de mais ninguém. Fiquei desesperado.

Deixa cair a pá e a enxada.

— O buraco era para os dois. Nunca mais te deixo sozinha.

Suspira fundo e soluça alto.

— De tudo esqueci. Meu pai, minha mãe, meus filhos. Por causa deles eu te perdôo. Você se salvou.

Depois de morta. Eu não comia, não dormia. Não era mais gente. Por que mentiu? Aonde você foi?

Chorando e alisando a mãozinha ferida.

— Já não pensava. Queria me vingar. Agora perdi a coragem.

— Vamos voltar, João.

Ele se deixa conduzir pela mão.

— E minha roupa?

Ela dá laço na calcinha.

— Vista a minha camisa.

Nojosa ao senti-la úmida de suor. Sem uma palavra, ele a penetra de pé contra o carro — ela não sente nada.

Na volta João faz planos de vida nova.

— De conta que nada aconteceu.

Sobe ao apartamento, traz para ela uma calça e uma blusa.

— Mirinha, por quê?

— Sei lá. Pior você fez. Ai, toda dolorida.

Ele beija o joelhinho esfolado de terra.

— Me perdoe. Fiquei louco. Não podia te perder. Senti demais a falta. Sabe o que doeu mais?

— ...

— Que voltou mais bonita.

Ele não sabe que já é tarde.

— Fiz tudo por você. Passei fome. Sem roupa. Sem nada. Praguejada por minha mãe.

Bem cedinho traz pão e leite. Agora ele pede, antes ela fazia sem que pedisse.

— Mirinha, a toalha.

— Já vou.

— Venha me lavar.

Gosta de ser ensaboado e fazer amorzinho debaixo do chuveiro

— Você não vem?
— Não quero molhar o cabelo.
— Tristinha, meu bem?
— Sei lá.
— Ainda ofendida? Logo esquece. Começamos vida nova.
Ao dar com ele na porta, baixa depressa o olho.
— Está cansada?
— Um pouco.
— Então já vou. Amanhã a gente se vê.
Tenta o último recurso:
— Se você quer eu largo a minha mulher.
— Você é que sabe.
— Meu bem, amanhã vamos à praia.
"Não é a estrada da praia. Ó Deus, tudo de novo?"
Ele pára diante do bangalô verde. Os quatro meninos correm aos gritos.
— Meus filhos, esta é a Mirinha.
Por último a pata-choca.
— Oi, como vai?
Com a menorzinha no colo. Lá se vão, João e a bruxa na frente. Ela atrás com as crianças. Ele a namorando pelo espelho. A mulher percebe e fica emburrada.
— Vamos na balança. Mirinha, venha brincar.
Ao vê-la de biquíni a dona desiste do velho maiô. Ele baboso:
— As crianças gostam de você.
Na volta João falando e sorrindo no espelho. A dona ofendida e muda.
— Vou deixar a Mirinha em casa.
As crianças lhe lambuzam de beijos o rosto.
— Por que fez isso?
— Assim ela entende o que há entre nós. Eu escolhi você. Amanhã falo com o pai.

— O doutor Paulo não pode me ver. Ele me odeia.

Dia seguinte:

— Ai, Mirinha. Vim almoçar com você.

Macarrãozinho no molho e bastante queijo. Regalado, bebe todo o vinho tinto, espicha-se no sofá.

— Vamos conversar, meu bem. Me conte. Você me traiu, não foi? Com quantos homens? Cinco, seis, sete?

— Vou te contar, João. E nunca mais. Fui para descansar. Juro por Deus. Nunca te enganei. Com ninguém. Todos esses anos. Ainda que não acredite. Quero minha mãe morta.

— Duas moças bonitas. O que não fizeram? Você deu para quantos? Que tipos eles eram?

— ...

— Basta olhar que eu sei. Deixa te examinar? Já digo com quem esteve.

— Você é louco, João.

— E você uma vigarista. Sua puta rampeira. Moça que vai ao Rio é para dar.

Todo dia a mesma conversa.

— Sem mim era uma caixeirinha de loja de turco.

O turco de bigodão, parrudo e barrigudo, que a agarra no fundo do balcão: *Vem cá, menina... Tira a calcinha... Baixa a calcinha...*

— Pensa que não sei? Ele te pegou, não foi? Baixou a calcinha. E fez ali de pé. Foi o primeiro, não foi?

— Sim, foi ele. Lá no hotel da praia. Não se lembra?

Sai à procura de Lili.

— Por favor, me diga. Ela teve algum caso? Com quem? Quantos foram? Vocês duas, sozinhas.

Sem fazer programa? Não sou bobo. Só quero saber.
Não faço nada. E o aluguel, quem pagava?
— Nunca me deixa em paz? Não agüento mais.
— Você deu, não é, Mirinha? Para quantos?
Torce o braço até fazê-la ajoelhar.
— Hoje quero saber. Senão fico louco. Você esteve ou não? Com quem? Com quantos? Sete, oito, nove?
— Suma-se daqui. Nunca mais pergunte. Acha que peguei doença? Então passou para você. Agora já sabe.
— Pela última vez. Eu te imploro, Mirinha. Tudo que é sagrado. Só quero saber. Juro que não te bato. Com quantos você foi?

Lenço na cabeça, afogueada, frita os pastéis de banana, pelos quais o distinto se lambe. De repente dois pastéis voam ali na Santa Ceia.

— Que é isso? Está doida?

Furiosa, alveja-o com pastéis, espirrando de gordura quente.

— Hoje sou eu.

Dá-lhe no braço, no ombro, na cabeça.

— Quem te mata sou eu.

Escada abaixo perseguindo-o, escumadeira em punho. Ele com um livro debaixo do braço. Até que escapole aos grandes pulos.

— Seu gigolô barato.

Com os gritos surgem na porta os vizinhos.

— Não foi trabalhar? Está doente?
— Não quero mais te ver.
— De noite venho pegar minhas coisas.
— De noite, não. É já. Tudo arrumado.
— Agora não posso.
— Leva já. Ou jogo pela janela.

Nas duas sacolas — só vai descobrir em casa — picadinha a roupa: lenço, camisa, cueca de seda. Cuidadosamente rasgada em tiras bem pequenas — jamais a pata-choca poderá costurar.
— Entre nós tudo acabou?
— Morro de fome e não quero te ver.
— Seja feliz. Minha doce putinha. Adeus.
Cabeça baixa, uma sacola amarela em cada mão, desce chorando oito andares.
Por uma semana espera-o em vão. À noite liga a radiola e a tevê no maior volume. Arrasta as poltronas daqui para lá. Bebe e atira as garrafas na capota dos carros. Nua diante da janela, que uivem os tarados de Curitiba. O síndico exibe abaixo-assinado.
— Jurou de morte o doutor. Correu atrás dele até o sexto andar.
No oitavo dia ele volta. Em vez de entrar, bate na porta.
— A dona reclama o apartamento.
— Não quero mais você. Não se incomode.
— Eu te ajudo. Isso eu te devo.
— De você não quero nada.
— Pense bem. Por que não começamos de novo? Não se fala mais no passado.
Olha assustado a parede com mil buracos. Manchas de cera vermelha e vinho tinto. O pé do sofá quebrado. Até um varal estendido na sala.
— Vai com tua irmã?
— Antes ela que você.
Fazem as duas a mudança. Três dias depois a descobre no emprego.
— Ué, você por aqui?
— Nunca me dá sossego?
À espera na porta do pequeno edifício.

— Quanto é o aluguel?
— Aqui eu tenho paz.
No aniversário chega um ramo de rosas vermelhas. Ela se nega a tocar.
— Lili, faça o que quiser.
A irmã lê o cartão na letra floreada: *Eu te amo. Como no primeiro dia. Não me deixe fazer um crime.*
Bebem e dançam à meia-luz. De repente um vulto na janela.
— Quem está aí?
Sempre ele. Mas como é feio.
— O que você quer?
Acende a luz, ergue o pano branco, dá com a bala de hortelã fervendo de formiguinha preta.
— Recebeu as flores?
— Ah, foi você?
— Não me convida?
— Só vagabunda. Não é companhia para você.
Ele vai em busca da irmã:
— Por favor, me conte.
— Nunca a vi tão feliz. Fez até *striptease*.
A pálpebra esquerda treme sem parar. Em disfarce, ele finge coçá-la.
— Para quem?
— Todos os rapazes.
Sete da manhã ele na porta do edifício.
— Como foi de festa? E o *striptease*?
— Que *strip*?
— Você subiu na mesinha. Os rapazes batiam palmas.
— ...
— Não se rebaixe tanto. Se dê mais valor. Tem a vida pela frente. Quero o teu bem.
— Tanto que ia me enterrar viva.

— Não pode esquecer? Tudo já passou. Não basta o que sofri?
— Nunca que eu esqueço.
— Você é uma ingrata. *Olho verde* — meu pai bem disse — *é sempre falso.*
— ...
— *Fuja, meu filho. Fuja dessa loira fatal. Que desgraçou tua vida.*
— Ah, é?
— Lembra-se da primeira vez? No hotel da praia?
— ...
— Então, sim, você era pura. Fique descansada. Nunca mais te procuro.
— Adeus, João.
— Só te desejo a maior infelicidade do mundo.
— ...
— Quero te ver a última das putas.
Dia seguinte à espera na esquina.
— Preciso muito falar. Pelo amor de Deus.
Exige andar de mão dada. De propósito ela sai de sacola e bolsa.
— Não te quero mais. Me deixa em paz. Por favor.
— Fui ver um apartamento. Mobiliado. No teu nome.
Pode escolher restaurante, cinema, boate. Enfia na bolsa duas e três carteiras de cigarro — ele que não fuma e antes a proibia. Mais bombom recheado de licor.
— Sonho com você. Nuazinha...
— Você morreu para mim.
— ... e rindo a cavalo no bidê.
Desesperada telefona para o doutor Paulo:

33

— Me persegue dia e noite. Assim perco o emprego. Já sofri demais. Que fique com a mulher e os seis filhos.
— Pode deixar. Eu falo com ele.
— Gostei, amei, fiz horrores. Agora tenho ódio. Só quero que ninguém goste de mim. Nunca mais.

O doutor liga no outro dia:
— Ele chorou muito. Mas prometeu. Que não te procura.

João cumpre a palavra dada ao pai. Ela nunca mais o vê. E foi tudo.

Seu ponto de ônibus é na Praça Tiradentes. Lá começa a freqüentar o Bar Sem Nome. A mesa de canto, no fundo. Sentada de costas para o salão quase deserto. Uma noite chega-se uma ruiva pintada de ouro.
— Menina, está muito só. Venho reparando em você. Precisa falar com alguém.

Oferece-lhe o apartamento.
— Eu te apresento. Você fica à vontade.

E chamando o garçom:
— Hoje eu pago. Não exploro como essas aí. Dou a metade.

Tia Uda telefona para o escritório:
— Venha. É um doutor. Quer te conhecer.

Nunca vai. De noite sempre no bar, sempre na caipirinha. O garçom renova os cálices — seis, sete, oito.
— Está triste, menina?
— Mais uma.
— Quer um sanduíche?
— Só mais uma.

De táxi para casa — a irmã dorme ou faz programa.

A ruiva aparece no bar:
— Uma pessoa especial. Maravilhosa. Faço questão. Ela vai te adorar. E você também.
Enfeitada sai do escritório para o apartamento. Na sala a tia Uda com uma amiga.
— Não veio a pessoa?
Riram-se as duas.
— Ela está aqui.
Baixinha, cabelo curto, bonita. Calça azul, camisa branca, boné amarelo.
— Oi, tudo bem?
Tia Uda chama-a para a cozinha.
— Ela transa com moça. Paga bem. Só faz carinho.
— Nunca fiz isso. Pelo amor de Deus.
— No quarto vocês se entendem.
Volta para a sala, sorriso encabulado.
— Qual é a tua, Mirinha? Fim de papo. Aqui no particular.
Leva-a pela mão para o quarto. Tira a camisa — seio bonito. Tira a calça — tanga branca. Nossa, braço e perna mais cabeludos. Ela pensa: Jesus, isso não é mulher. É homem.
— Faça de conta que é um programa. Tire a blusa.
Deixa-a de sutiã e calcinha. Começa a beijar.
— Zezé, pare com isso.
Resmunga palavrão, geme e suspira.
— Não faz mal. Com o tempo você entende.
Vestem-se e saem do quarto.
— Hoje não deu certo.
Estende uma nota grande para cada uma.
— Paz e amor. Eu te aviso, bicho.
Tia Uda muito curiosa:
— O que você sentiu?

— Senti nojo. Não pude agüentar.
— Ela vai te procurar. Você é o tipo que ela gosta.
De noite no Bar Sem Nome. Agora a Zezé. O que será de mim? Nunca mais chego perto. O que ele disse: *Quero te ver a última das putas.*
Dia seguinte a Zezé telefona.
— Te espero hoje. Às nove no bar. Ontem eu te vi lá.
— Não posso.
— Se não for eu vou aí. Ou à tua casa. Já tirei a tua ficha.
Na sexta caipirinha acha que ela não vem. Meia-noite chega esbaforida, camisa azul e calça amarela, sempre de sandália. No bicho peludo o lindo rosto gorducho.
— Não está numa boa, não é?
Pede mais uma. A Zezé paga a conta e chama o táxi.
— Para o Hotel Carioca.
Ajeita no ombro a sacola de couro.
— Chegamos de viagem. As malas na estação.
No corredor beija-a em cada espelho. Já tira a roupa, ordena bebida e salgadinho, entra no chuveiro.
— Agora a tua vez.
Começa a se esfregar.
— Eu te amo. Desde a primeira vez. É a minha perdição. Nunca mais te deixo.
Na mesma hora passa a bebedeira.
— Não sou desse tipo.
— Não sabe o que é bom. Ainda não se conhece. Me faça um carinho.
Por fim a deixa em paz. De manhã chá completo para Zezé. E uma caipirinha para ela.

Meia-noite de sexta-feira bate na janela.
— Não me despreze. Preciso de você. Venha comigo.
A irmã, assustada:
— Essa aí quem é?
— Depois te conto.
Sobe com ela no carrinho verde. O famoso despacho de Madame Zora para ser aprovada no vestibular. Na encruzilhada corta o pescoço da galinha — o sangue espirra na calça amarela. Depois acende as três velas no túmulo de Maria Bueno — a menina medrosa não pula o muro do cemitério.
Três da manhã, a irmã ainda acordada:
— Aonde você foi? Quem é essa? Tem pinta suspeita.
— Uma grande amiga minha.
De manhã recebe um ramo de rosas amarelas — *Da sua maior admiradora*. Toda tarde vai buscá-la no escritório. Chopinho. Jantar. Despede-se com forte aperto de mão.
— Uma lembrança para você.
O precioso rádio portátil.
— Com muito carinho.
Sete voltas na roda-gigante — não foi muito bom, quer ficar de mão dada. No aniversário a aliança.
— Ponha no dedo. Agora é compromisso.
Os dois nomes ali gravados.
— Ai de você. Se te pego com algum homem. Precisa do quê? É só pedir.
De noite no velho bar, sempre de costas para o salão.
— Você está gorda. Ou inchada. Já reparou?

37

Bebendo e fumando sem parar. Belisca o amendoim e a batatinha frita. Lembra-se da maldição: *Te desejo a maior infelicidade do mundo.* Dez quilos mais, já não cabe na roupa.
— Sinto que te perdi. Não para nenhum homem. Teu amor é a caipirinha.
Agarra-lhe o braço — onde aperta o dedo fica o sinal esbranquiçado.
— Não faz mal. Cuido de você. Ninguém te rouba de mim.
Chega-se a morena de longo cabelo preto. Faiscante de bijuteria. Dois pares de cílio postiço.
— Esta é a Jô. Grande amiga minha.
— Não é de hoje. Eu te vejo aqui. Bebendo toda noite.
De volta para o apartamento deserto: a irmã amigada com um tipo casado. Sozinha, a menina bebe, geme de dor, chora de aflição.
— Outra pessoa tomou o meu lugar.
Pede o sanduíche, não come. Manda de volta sem tocar. O pé inchado esconde o tornozelo. Quem não a conhece acha que é deliciosa gordinha.
— Minha casa é grande. Por que não mora comigo?
Com a Zezé vai conhecer o bangalô verde da Jô. Admiram os quartos, jardim de inverno, salinha de costura.
— Minha sala de visita.
Na parede as ondas cintilantes do papel prateado. No forro dezena de foquinhos azul, vermelho, amarelo. O enorme espelho ocupa toda a parede. Radiola e pilha de discos. Sobre o tapete dez a quinze almofadões floreados.
— Não é bárbaro? Eu mesma decorei.
Sobem a escada estreita.

— O quarto de Betinho.
O menino berrando no bercinho, único móvel do quarto.
— Que filho mais lindo você tem.
Aponta o grande retrato na parede — não é um famoso cantor?
— Até que puxou o pai. Não deu certo. Ele me deixou. Preciso de companhia.
Resmungando, a empregada troca a fralda.
— Quieto, desgracido. Pára de chorar.
Dia seguinte Mirinha vai com a mobília: fogão, jogo de fórmica, joguinho de quarto, mesinha de falso mármore, jogo estofado de sala, tevê. Minto, a tevê no conserto, o que foi a sua salvação. E o querido vaso, branco e redondo, com pequena palmeira.
— Hoje não fico em casa.
Refugia-se no Bar Sem Nome. O que será dela? A irmã sumida. Os pais perdidos. Em busca do velho no boteco, que a mãe chama para jantar. Cabeça baixa, sempre só, diante do copo vazio — em que tanto pensa? Que mistério tão profundo, uma ruga na testa, decifra?
De volta ao bangalô, embalando a pobre coisinha, roxa de tanto chorar.
— Deus me ajude. Errei com o João. É justo que pague. E este anjinho, que culpa tem?
Pegando a mamadeira da mão da Filó:
— Me conte. Por que uma casa tão grande? Se ela vive sozinha?
— Te conto. Mas não agora. Está bêbada.
De manhã toda a mobília montada por Jô enfeita a casa.
— Aonde foi à noite?
— Queria esquecer.

— E tua irmã?
— Lá com o gigolô dela.
— Hoje ofereço jantar. Para uns amiguinhos. Eu te apresento.
Fulgurante no longo vermelho, lindo, lindo. Colares, brincos, anéis. Cílio postiço.
Mirinha de simples calça comprida e blusinha.
— Não. Não é assim que se recebe. Venha cá.
No armário exibe a coleção de vestidos de gala. Na prateleira sapatos altos, tamanquinhos, sandálias. Uma vitrina de bijuteria.
— Pode escolher.
Assenta muito bem um longo branco de margarida amarela. Cílio duplo. Sandália de trancinha dourada.
— Aperitivo. Jantar à luz de vela. Depois um som na salinha.
Lá no sótão o choro abafado da criança. O movimento dos carros no pátio. Sete carros, cada um com dois ou três homens. As mulheres, todas de longo, chegam de táxi. Uma preta vistosa de peruca e cílio enorme.
— Jô, eu trouxe biquíni rosa.
— E o meu é azul.
Os homens com garrafas. Todos apinhados na salinha. Assustada, ela esconde-se no quarto.
— Mirinha, abra. Conhecer um senhor. Muito distinto.
Todos com mais de trinta anos. O doutor de cabelo grisalho segura-a pelo braço.
— Você vem comigo.
Os pares já no maior agarramento.
— Cadê o meu copo, Filó? Mais gelo.
O doutor começa a abraçar e beijar. Todos bebendo, rindo, cantando. A pequena sala abafa-

da de fumaça do cigarro. A negra Malu em casacão de pele e biquíni branco se requebra diante do espelho. Alguns homens já tiram a roupa. A preta inteirinha nua. Rolando nos almofadões com seu par. Mais de trinta pessoas ali na salinha.

— Só falta a Mirinha.

— Me desculpe. Isso não.

Todas fazem aquelas artes. Por último a Jô no transparente biquíni dourado. Com três perucas. As poses arrancam palmas e assobios. Saracoteia com a música. No tapete a marca do pé molhado de suor. O biquíni cai. Do parceiro cai a roupa. Os dois rebolando nos almofadões na frente de todos.

Três da manhã. Um em cima do outro. Depois a troca de pares.

— Onde é que vim parar? Eu não sabia. Nunca esperei isso.

Cambaleia até a cozinha:

— Filó, me acuda.

Agarra a criança e tranca-se no quarto, os dois chorando. Em vão o doutor bate na porta.

— Abra. Por favor. Só falar com você. Abra. Senão arrebento.

Com a manhã os homens se vão. A mulherada caída pelos cantos. A casa pestilenta de mil cigarros, bebida, cadela molhada. O cílio derretido na cara medonha da ressaca.

— Não te vi, loirinha. Onde se meteu?

— Gostou, não foi? Viu só como é bom?

Quando as duas voltam a ficar sós:

— Viu como é fácil? Esse o meu sistema de vida. Faço isso pelo meu filho. Só por ele. Os coronéis pagam tudo.

— Me perdoe, Jô. Não sirvo para essa vida.

41

A Filó esfregando a mão no avental sujo:
— Não tem leite para a criança, dona Jô. Ela se arrebenta de tanto chorar. Será que doentinha?
A Jô, essa, nem uma vez consulta o médico.
A cada festinha — duas a três por semana — foge para o Bar Sem Nome. Bebendo e vendo tudo na parede à sua frente. Quem está sorrindo ao lado?
— Você por aqui?
— Fugi da Jô.
— Já brigaram?
— Ela é cafetina. E a casa de programa.
— E você não sabia?
— Ninguém me avisou. Nem você.
— Todo homem é nojento.
Duas horas, fecha o boteco.
— Para casa não vou.
— Vamos curtir. Nós duas numa boa.
Desce com ela a escada do inferninho de tia Hilda.
— Vamos dançar.
Só de longe, nada de agarradinho. Uma terceira bailarina insinua-se entre as duas.
— Por que me roubou a Zezé?
— Ela que me trouxe. Sou amiga. Nada mais
Já se agarra aos tapas com a Zezé.
— Vamos embora. Por favor.
— Está bem. Dei uma lição nessa vigarista.
— Meu Deus. Não posso ir para casa. Ainda é cedo.
— Agora o Bar do Luís.
Onde é beijada na boca pelas mulheres que chegam.
— É essa aí? Teu novo caso?
— Deixa a menina em paz.

Uma loira magrela chama a Zezé para o banheiro. Sai furiosa, resmungando.
— Vamos já daqui.
— O que foi?
Mais pálida que a calça amarela.
— A tipinha cismou com você. Quase me peguei com ela.
Chegam quando saem os carros em fila do portão. Com sono, ressaca, desespero. Longo banho de chuveiro. Quem atrás dela? A Zezé, cabelo molhado, em tanguinha — toda cabeluda. Aquele calorão, subindo e descendo, senta-se na cama.
— Estou sem sono.
Suspirosa, a gorda estende-se na cama de casal. A menina senta-se no banquinho da penteadeira. A Zezé roncando medonha, teta de fora. A outra em claro, cabeceando ali sentada — "tudo errado na minha vida."
Sete da manhã com a Filó na cozinha. Em cada canto boceja uma bandida.
— Como é que a deixou dormir com você? Na tua cama? Sabe que é violenta? Tome cuidado. Que ela te incomoda. Não pode ver homem por perto.
— E agora? O que eu faço?
— Acorde. E mande embora. Dê o desprezo.
Ela que nunca deu o desprezo para ninguém.
— Aonde você foi? — pergunta a Jô.
— Encontrei a Zezé. Está dormindo.
— No teu quarto? Ai, menina. Fez uma loucura. Essa tipa não te larga. Nunca mais. Transou com uma guria daqui. Brigaram aos tapas. Diga adeus para teu homem.
— ...
— Deus queira. Que não viu nada em você.

43

À uma da tarde ela acorda.
— Cadê a Mirinha?
— Está com o menino. O que você quer?
— Quero a Mirinha.
De sandália, tanga e sutiã. Um beijo molhado no rosto, que a moça não pode evitar.
— Cansada, meu bem?
— Não dormi a noite inteira.
— Oi, Jô. Um papo com você. Muito sério.
As duas vão para o jardim de inverno. De vez em quando uma olha para ela. Que está apaixonada. Pede para freqüentar a casa. Paga por ela qualquer despesa. Só não quer perdê-la. A menina que procurou toda a vida.
— Ai, meu Deus. Não pode ser. Preciso de homem. De um emprego. Arrumar minha vida.
— Agora é tarde.
Toda manhã chega no carrinho verde com a sacola de pão, leite, queijo, laranja, presunto. No almoço, ovos e carne. À noite jantam no restaurante. Ai dela se olha ou sorri para o lado.
— O que está olhando?
Proibida de cumprimentar qualquer conhecido.
— Hoje é noite especial.
Jantar à luz de vela. Terninho azul de brim, camisa branca, carão lavado. A capanga na mão. Pede vinho tinto, ela serve.
— Negócio seguinte. Estou a fim de você.
Mirinha começa a tremer.
— Preciso de uma menina. Como você. A Jô não te falou? Ela me deu permissão. Posso te salvar. Depende de você. Não deixo faltar nada. Te dou tudo o que quiser.
— O que você quer?

— Quero você. Só as duas. Assim um homem e uma mulher. Você é o meu amor. Quero que seja minha. Agora me responda.
— Eu errei, Zezé. Deixei meus pais. Perdi minha irmã. Não sabia quem era a Jô. Nunca transei com mulher. E não quero. Não posso te ver de manhã ao meu lado. Fiquei a noite inteira sentada no banquinho. Quer minha amizade? Você pode ter. Mais nada.

A gorda quase chorando.
— Não é possível. Pensei que estivesse com tudo. A Jô me garantiu. Se é assim...

Forte ela bufa quando contrariada. Sopra com fúria uma e outra vela.
— ... vamos já embora.

As duas sem um pio até a casa.
— Não quer descer?

Sem responder, Zezé passa para o banco da frente, ao lado do motorista. E manda tocar depressa.

A Filó acordada na cozinha.
— Como foi com a tal?
— Jantei com ela. Conversamos. Queria montar apartamento. Só para as duas. Queria um filho para criar. Como se fosse meu e dela.
— Não é louca? O que te falei? E você o que respondeu?
— Podíamos ser amigas. Nada mais que amigas. Não quero uma mulher para dormir comigo. Me deixou aqui. Não disse boa-noite. Passou para o banco da frente. E se arrancou, braba.

A Jô bate na porta.
— Por que se fechou?
— Medo que a Zezé volte.

— Mais homem que a Zezé não existe. Com ela está com tudo.
— E que futuro ela me dá?
— Só depende de você. Basta não ser boba.

A Zezé chega, ela se tranca quietinha no quarto, embalando a criança para não chorar. Não quer saber de outra moça da Jô.

— Por que fugir dela? Tempo de acabar com isso.

A Jô telefona a um cliente, marca para as três da tarde. Enfeita a menina, deslumbrante no cílio postiço, quimono de seda azul, chinelinho vermelho de pompom. Na sala os dois conversando, reclinados nos almofadões. Chama-se Gaspar, cinqüenta anos, mão fria. Ela prolonga a conversa até que a Zezé chegue.

Já deitada no colo do tipo, ao ouvir a voz grossa:

— Cadê a Mirinha?

Com violência abre a porta, as duas mãos no batente. Arregala o olho, bufante:

— Você está aqui?

A menina continua aos beijos. O doutor pergunta:

— Quem é?
— Uma amiga da Jô.

Bate a porta e sai furiosa. Aos berros com a Filó na cozinha.

— Ela queria esperar. Para te dar um tapa. Afinal desistiu.

Depois das três a Jô telefona para os clientes. Fazem sala a Mirinha e duas ou três meninas.

— O dinheiro do quarto é meu.

Mesmo que não vá para o quarto. Mais a metade de cada programa.

— Não pode dizer não. Não tem feio nem velho. No quarto não mais que dez minutos. Senão bato na porta. Quantos forem, dois, cinco, sete, deve ir com todos. Sempre bem-disposta.
O senhor distinto, gravata e pasta. Ao tirar a roupa, ai que nojento. Ainda bem, nada consegue.
— Esse não quero mais. Puxa, nunca sofri assim.
— Ainda não sabe de nada, menina.
Outro não a toca. Deitados na cama, ele vestido, ela nua. Pede que apague a luz. E alivia-se quieto e sozinho. Além de pagar, dá-lhe vidrinho de perfume francês.

Um tem a mão fria. Outro, erisipela — o medo que pegue. De outro o coração bate mais alto que o reloginho no pulso.
São casados. Mais de trinta anos. Ela conhece todos os tipos. Até um pastor da igreja dos últimos dias. Minto, só falta um negro. E um rabino de chapéu.
Chove a tarde inteira, você aparece? Nem eu. A Jô desesperada — um dia perdido.
— Algum não gosta que beije na boca. Outro só quer que beije. Outro quer diferente. A todos precisa agradar.
Na sala cruza a perna e acende o cigarro. Um chega, olha, vão para o quarto. Nem pergunta o nome. Tudo o outro quer saber: a primeira vez com o noivo, a dor que sentiu.
Dez minutos, a Jô bate na porta.
— Oi, loira. Tem gente esperando.
Ele, pelado. Ela, de roupa.
— Deite-se. Não. Eu que tiro.

Nu, mas de óculo. Beija desde a ponta do pé. Puxa a calcinha e rasga. Pasta e babuja em volta do umbigo.

— Um grande porco. Demorou quase meia hora. Você não bateu na porta.

Poucos repetem. Querem sempre novidade.

— Seja boba, menina. É moça e bonita. Já aparece um coronel. Monta apartamento. Te cobre de jóia.

Há de tudo. Magrinho, delicado, gentilíssimo. Gordo, bigodudo, soprando forte.

— Depressa. Deixei a loja aberta.

Um peludo. Outro branquinho, nem um cabelo no peito. Só tirar a roupa — tão elegante e bem-educado —, como é imundo. Estende-se na cama, abre os braços.

— Venha.

Ela não quer. Brabo, ele se veste. Paga só o quarto.

— Tem que aceitar. Não pode ter luxo. Quem aparece tem que ir. Como é que pago o aluguel? Mais a luz, a água, a Filó?

O bravo senhor que traz chicotinho e pede para apanhar. O mais bem vestido é o maior tarado. Deixa de contá-los, são mais de mil. Com nem um só, nem uma vez, ela goza.

À noite fazem a ronda nas casas de jogo — o paraíso dos homens da Jô.

Uma vez a Jô com o Gaspar, ela com um velhinho, magrinho, baixinho. Cabelo branco, corcunda dos anos. O carrão preto ali no pátio.

Na sala a música em surdina. Um litro de uísque, os copos no chão. A Jô se contorce diante do espelho.

— Agora é você.

Ao beber para ganhar coragem vê no fundo o pozinho meio derretido.
— Jô, o que tem neste copo?
— Nada.
— Então está sujo.
O velhinho cheira:
— Não tome.
Sem estar bêbada, a cabeça gira. Chorando de medo.
— Uma festinha de quatro.
— Não quero. Não estou bem. Preciso de ar.
Dia seguinte cabeça pesada e língua brancosa.
— Estragou a festa — disse a Jô. — Não conte mais comigo. Vire-se sozinha.
— Por que me emboletou?
Já não a convida para o jantar.
— Onde está a loira?
— Lá no quarto. Ou no Bar Sem Nome. Só gosta de mulher.

Começo da noite a Filó traz a garrafa. Aceita um gole e corre para a cozinha. A menina bebe no gargalo, ouvindo a algazarra na sala. Enxuga a última lágrima, já não tem olho para chorar. Não sabe que dia é. Acende um cigarro no outro, duas a três carteiras por dia. O trêmulo dedo amarelo, a unha de luto. O radinho sempre ligado até que gasta a pilha — nunca mais a substitui. Sozinha com seu pensamento. De manhã passa pelo sono, bêbada, a garrafa vazia.

— Hoje é festa de aniversário. Duas amigas cariocas da Jô. A Zezé também vem. Com a noiva.

A Filó faz pudim de ameixa, gelatina verde, torta de nozes. As cariocas, duas bandidas velhas. Mais umas vinte pistoleiras.

A Zezé na porta do quarto:

49

— Oi, tudo bem? Devo te contar. Estou casada. Com a Dalila.

Acena de longe a loira magrela e feinha.

— Sei que teve um caso com você. Quem sabe a gente transa. Nós três.

— Não houve nada. Só amizade.

— Não está numa boa, hein? Você me desprezou? Agora chore, menina.

Chegam os homens. Uma zorra violenta. O som ao máximo — os vizinhos reclamando. No quarto, ela bebe na garrafa de rótulo amarelo. Demais a gritaria, fecha-se no guarda-roupa. Encolhida, a cabeça no joelho, mãe embalando o seu nenê, que é ela mesma. Lá fora a festa selvagem. De repente o silêncio no fundo negro do poço: ela escuta a unha crescer.

De manhã sobra um cara, podre de bêbado. Boceja na sala, pelado.

— Que hora, Jô?

Sábado para domingo.

— Minha mulher! Estou perdido. Por que não me acordou?

— Você não está em condições.

Banho frio de chuveiro, veste-se aflito.

— Ai, Jô. Essa não. Só a mim.

— O que foi?

— Um anel de brilhante. O par de alianças. Minhas bodas de prata. Sumiram do bolso.

— Minhas meninas não foram.

— Eu sei. Foi a nega Malu. Que dormiu comigo.

— Eu não peguei. Juro por Deus.

— Se não aparecem chamo a polícia. O delegado é meu amigo. Pior para você. Que fica fichada.

Possesso revira os almofadões, rasga o papel prateado da parede.
— Quero ver. Meu anel e minhas alianças. Ou todo mundo preso.
Rebenta dois copos. No quarto derrama os frascos da penteadeira. Arranca a tromba do elefante vermelho.
A Zezé na cozinha protege a sua loira magrela. Em cada canto chora uma bandida. Ele revista uma por uma.
— Agora o *strip* é na polícia.
A Malu cai de joelho e mão posta.
— Me perdoe. Não sei por quê. Onde com a cabeça? Bebi demais. Só não me bata.
Chorando entrega o brilhante e as alianças. De vingança ele a fecha na sala e carrega a chave.
Mirinha no santuário do quarto. Olhando a fumaça do cigarro. Não se lava, não se penteia, não se pinta. Segura-se para não ir ao banheiro, nojo das toalhas e panos úmidos pelo chão. Não faz programa, não ganha dinheiro, não pode ir ao Bar Sem Nome.
Uma tarde a Jô bate na porta.
— Quero falar com você.
Mirinha no banco da penteadeira escova o cabelo sem brilho. Jô senta-se na cama, as duas se olham no espelho.
— Por que não faz programa?
— Não posso. Estou doente.
— Relaxada assim ninguém te quer.
Solta uma gargalhada, vira o branco do olho, esperneia de costas na cama.
— Acuda, Filó. A Jô com ataque.
Correndo, a pobre, uma perna mais curta.
— Ela recebeu. É o guia.

51

Espuma, rilhando o dente. Estrala os dedos retorcidos. Resmunga palavrão. A cama range com os tremeliques.
— O guia gosta de judiar.
A Filó traz o álcool que ela pede. Derrama na mão e risca um fósforo — corre o fogo pelo braço sem queimar. Depois quer uma vela. A Filó acende. Ela pinga nos dois braços. E descola as gotas de cera — nenhum sinal na pele.
— Me duvida, menina? Você quer fugir. De mim não escapa.
Na boca pintada uma voz rouca de homem. Boceja:
— Ai, que sono.
Sai amparada na Filó. A menina distrai-se com o nenê, dá-lhe a mamadeira, faz-lhe cosquinha. Cobre de talco as feridinhas de tanto se coçar.
À tarde, a Jô correndo atrás do gigolô, a campainha faz dlim-dlom. Uma fulana toda de preto.
— A Jô está?
— Saiu. Logo volta.
— E o Betinho?
— Dormindo.
— Posso ver?
— Só pulando o muro. Sem a chave do portão.
Sobem ao sótão, aquele calor medonho.
— Deus do céu. Meu filho morre aqui.
Atrás a Filó resfolegante:
— Leve o teu filho. Passando fome e horrores. Olhe só o corpinho.
Mesmo dormindo ele se arranha em carne viva.
— Assim que ela cria? Como o filho dela? É muito meu. Agora melhor de vida. Preciso salvar.
— Não posso. Espere a volta da Jô.

— Aqui meu endereço. Se ela quiser, que me procure.
— Deixe que leve o coitadinho. É a mãe dele.
Sai correndo com o pequeno nos braços. As duas ouvem a porta do táxi. A Zezé chega alegrinha:
— Alguma menina nova? Que silêncio. Cadê o piá?
— A mãe veio aqui e levou.
— Ai, Mirinha. A Jô te mata. A arma dela é o Betinho. Para arrancar dinheiro dos coronéis.
Já saltando o muro:
— Não quero nem ver. Ela vai te matar.
À espera da Jô, ela e a Filó bebendo na mesma garrafa.
— O que as duas fazendo? Onde está o Betinho?
— Não está mais aqui.
— O quê? E onde está?
— Aqui o endereço. A mãe levou.
— Não podia entregar. O filho é meu. Ela me deu. Já vou buscar. E de volta não quero te ver.

Um ano e um mês no casarão verde. Cada dia mais porca, imunda, nojenta. Pelas seis da tarde a Filó chega com a garrafa. Aceita um gole e volta para a cozinha. Ouvindo a algazarra, ela bebe e fuma a noite inteira. Entre as gargalhadas, palmas e gritos, escuta o choro da criança. Olho parado nas manchas de goteira no forro. Lembra-se do pai sozinho na mesa do boteco. No que tanto pensa diante do seu copo? Sabe agora. Feito ela, não pensa em nada.

Não senta-se à mesa, pagar com que dinheiro? Rói um naco de pão seco. Ou uma velha banana caturra esquecida no guarda-roupa. Uma vez a Filó trouxe fatia de bolo de fubá.

Cabelo até a cintura, dorme de roupa, fedida de cachaça. Duas ou três revistas no chão, sempre as mesmas, que folheia sem ver. Arrasta-se até a cortina manchada de pó, o suor frio na testa — ali no jardim do vizinho a jovem mãe brinca com o filhinho, rindo os dois e se beijando.

Olhinho vermelho, espia-se no espelho, mais de oitenta quilos. "Meu Deus, essa aí quem é? O que aconteceu comigo? Que fim levou quem eu era?" Diverte-se a enfiar o dedo na carne balofa — a pele afunda e não volta.

— Por que não procura tua mãe?

A Filó compra-lhe vestidinho — já não cabe na roupa — e às cinco da tarde empurra o portão de ripas. Entra pelos fundos. A mãe sentada na cadeira de palha ao lado do fogão de lenha.

— Meu Jesus. É você? Não parece a mesma.
— Sou eu. Sua filha.
— O que você quer?
— Vim ver a mãe.
— Bem de vida, hein? Para engordar assim. O que tem feito?
— Ninguém sabe o que sofri. Não agüento mais. A mãe não me aceita de volta?
— Tenho de pensar.
— Volto na outra semana.
— Vou falar com teu pai.

Não a abraça nem beija. Pudera, você mesma não sente nojo?

— E tua mãe? Como te recebeu?
— Como a filha morta.

A Jô passa cantando com o filho nos braços.

— Você pega o que é teu. Amanhã sem falta. E some daqui.

— Agora não posso. Estou procurando emprego.
— O aluguel seis meses atrasado. O dono pediu a casa. Amanhã o último prazo.
Chega o caminhão da mudança. A Jô nem permite que se despeça da criança e da Filó.
— Os teus móveis ficam. Para cobrir o aluguel.
— É só o que tenho.
Esfrega a mãozinha no desespero de lhe roubarem as coisas queridas. O liqüidificador furado. Balcão de fórmica descascada. Panelas encardidas. Cadeiras de parafusos soltos. O fogãozinho azul de botões arrancados. Cortinas que se esfarelam entre os dedos. Salva a tevê, ainda no conserto, sem dinheiro para retirá-la.
E o precioso vaso da palmeirinha que fim levou?
Ao arrumar a trouxa dá pela falta de blusa, fronha, toalha. Até a pulseira prateada.
— Ela paga tuas garrafas levadas pela Filó.
Enfia-se com dificuldade na jardineira azul de bolinha branca — os botões estourando —, aturdida à luz do sol. Cabe tudo na pequena trouxa, os rolos coloridos de cabelo, o famoso frasco de perfume francês.
Perverso não é o dono da casa, que vigia a mudança.
— Pobre menina. Te arrumo um cantinho.
Lá nos fundos abre a velha garagem — o enorme caminhão sem rodas, suspenso nos palanques. Um mísero colchão debaixo da carcaça — ela não pode ficar de pé. Mil frestas na porta. Lata furada, pneu careca, rolo de arame, garrafa vazia.
Na caixinha de papelão todo o seu tesouro: a trouxa de roupa, bijuteria barata, alguma louça,

55

umas panelas. Sem luz nem água: "Onde é que vou me lavar? O que vou comer?"

— Até achar emprego. Vendo os móveis. Se sobrar te dou uns trocados.

À noite pula o muro, escondida, para usar a torneira do tanque. Compra a salvadora garrafa. Mais pão e banana. Esbarra em teia de aranha. Encolhida no colchão empedrado, a crina de fora. Coça o braço e a perna balofos até sair sangue. Se algum maloqueiro abre a porta — uma simples tramela podre? No seu estado, assim relaxada e imunda, a deixará em paz. Ninguém terá coragem de chegar perto.

Cata farrapo de papel e toco de lápis. Vai ao ninho da Lili — a casa escura, tudo fechado. "Será que viajou?" O mato cobre o jardinzinho, lixo, poeira. "Não mora mais aqui?"

Bate na janela, nada. Rabisca no papel de embrulho: *Estive aqui. Preciso falar com você.* Enfia o bilhete debaixo da porta. Já na rua, ouve o estalido da chave.

— É você?

E acende a luz: outra que apodrece. Tão ruim quanto ela. Desfigurada de tão magra.

Cruzam a sala vazia, entram no quarto. Ali no chão uma garrafa, um copo, uma casquinha de limão, uma garrafa, um copo, uma casquinha de limão. A mesma garrafa de rótulo amarelo e letra vermelha.

No canto a radiola inútil, braço torto, pilha de discos partidos. O pobre acolchoado, um cobertorzinho xadrez, travesseiro sem fronha.

— O que é isso?

A irmã pega-a pela mão e conduz através da casa: mais nada.

56

— Que tristeza. Cadê o...
— Não está mais. Não tem mais.
— E o teu grande amor?
— Brigou. Me bateu. Eu fugi. Quando voltei, a casa vazia. Carregou tudo no caminhão.
Na cozinha um fogareirinho, uma xicrinha, um pratinho.
— Lili do céu. Não pode se entregar.
— Sem ele não sou ninguém.
— Ah, se você soubesse. Eu ainda pior. Numa garagem. Debaixo do caminhão. E essas garrafas? Não me diga que...
Com o dinheiro da irmã, corre ao boteco. Traz duas garrafas e quatro limões.
— Ao menos é uma casa. Com luz e água.
Alinhados em volta da cama a garrafa, o copo, a casquinha, a garrafa, o copo, a casquinha.
— Hoje, sim, vamos beber. Você não tomou nem a metade.
— Não posso ficar. A dona me despejou. Nem sair. Para onde vou? Sem dinheiro. Sem emprego.
Sentadas no chão, bebendo deliciadas, entre choros e risos.
— Não é engraçado? Uma, a garrafa encolheu. Outra, a mesma garrafa inchou.
— Um segundo pai. Que me ensinou a dançar tango.
Ainda perdida pelo seu gigolô barato.
— O peito é um pelego de cabelo crespo. Ai, me deito e rolo naquele tapete mais negro.
— Onde está agora? Por ele você esquecia tudo.
Funda olheira roxa. Carinha amarela. Despenteada. Mas com anel de brilhante.
— O único presente que me deu.

— O que acha? Voltar para casa? Não está arrependida? Por que não pede perdão? A mãe quer um prazo.
— Não volto. Eu não. Morro mas não volto. Por que não vem para cá? Ao menos estamos juntas.
— Não posso. Se eu vier, amanhã será tarde. Não posso mais. Cansei dessa vida. De ser lixo.
Sem acreditar entra debaixo do chuveiro frio. Há quantos dias, semanas, meses não toma banho?
E agora? Deixar o luxo de uma casa, apesar de vazia. Voltar para o seu barracão. Para a cachaça, o pão, a banana. "Ao menos fedida não estou."
Com o último dinheiro compra o vestido branco de lista azul e a sandália amarela. De manhã e de tarde escova ferozmente o cabelo dourado. Agüenta mais uma semana no barracão. Era a cachaça — ou era Deus? Sem sair, de vergonha. À noite pula o muro atrás da torneira do tanque. Até hoje naquela garagem se não.
Uma segunda-feira de junho. Veste a roupinha. Chega em casa às quatro da tarde. A mãe na cadeira de palha ao lado do fogão de lenha.
— Aqui estou. A mãe com tempo de pensar. Já decidiu com o pai. Me aceita ou não.
— Falei com teu pai. Os dois pensamos bem.
— Posso voltar?
— Tem uma condição.
— ...
— Começa vida nova.
— Quando posso vir?
A mãe fica de pé e abre os braços.
— Desde hoje. Você aprendeu. Eu te perdôo.
Chorando abraçadas no limiar do quarto — vazio como da última vez.

— Preciso de colchão.
— Já tenho um.
— Vou buscar minhas coisas.
— Só não quero que me conte. De nada quero saber.

Na porta da garagem encontra o dono.
— Quanto lhe devo? E os meus móveis?
— Já vendi. O dinheiro não sobrou.
— Até o vaso da palmeirinha?
— Tudo.

Junta os trapos. Chama o táxi. Nada mais leva, nada mais tem.

Ela e a mãe descem ao porão. A velha separa no cabo da vassoura as peças de roupa e faz um monte. Não poupa nem uma caixa de fósforo. Despeja a garrafa de álcool e põe fogo.

— Tire esse vestido.

É o vestidinho novo. Com a sandália na fogueira.

— Espere. Mais uma coisa.

Pega a tesoura. Recolhe o cabelo comprido até a cintura. Corta rente à nuca.

— Agora o chuveiro.

Na máquina a mãe costura quimono simples de algodãozinho.

— De novo a minha filha.

Prepara caldo magro. Bife na chapa, que ela mastiga com ânsia. E gemada mais cálice de vinho branco. Traz bacia de água quente com sal onde ela mergulha o pé disforme.

Ao ouvir o passo cansado na escada, corre para o quarto. A voz rouca do pai:

— Quem está aí?
— Alegre-se, meu velho. Ela voltou.

59

— Essa gorda?
Acorda no meio da noite. Escuta-o que, de mansinho, acende a luz e fica longamente parado na porta.

De manhã pai e filha cruzam na cozinha sem uma palavra. Para os dois ela nunca saiu de casa.

O BEIJO PURO
NA CATEDRAL DO AMOR

— Sou a Maria.
— Que Maria?
— A Mariinha, ora.
"Ó Senhor, não sou digno — Mariinha é isso?"
— Não me acha um pinheirinho de Natal?
Pulseira prateada, brinco azul, colar vermelho.
— Assim que eu gosto.
Mais o famoso dentinho de ouro.
— Você sabe...

— Isso eu fiz. Já não me lembro. Eu não era de rua. Menti para o pai que tinha um emprego. Não sabia nada e meu emprego foi esse.
— Quanto tempo ficou na vida?
— Uns dois anos. Só com homem sério. Escolhido.
— ...
— Até um velho. Caindo aos pedaços. Era bom para mim.
— ...
— Um moço bonito que me pediu. Queria mais uma mulher. Ele trazia um amigo.
Estende a mãozinha fria por sobre a mesa:
— Só que o amigo era para ele. Chega de falar de mim. Conte de você.
Que fica de pé. Tira o paletó.
— Comece.
A moça olha bem:
— Que engraçado. Com talquinho.
— Não tenha medo.
Ainda sentada, inclina-se:
— Já me esqueci.
À sombra da pedra a lagartixa dardeja a linguinha.
— Que tal ele?
— Ele quem?
— ...
— É bonitinho.
— Olhe para mim. Fique olhando.
Sem deixar de, sem piscar, sempre a falar:
— Gosto de revistinha suja. Você tem?
— Aqui, não.
— Mais uma coisa. Quero ser efetiva.
— Nada de efetiva. Sou casado. E bem casado.
— Tua mulher não precisa saber.

— Como você prefere, anjo? Vamos de pé?
— De pé, não. Melhor deitada.
— Onde é que... Tem cadeira demais.
Tilintar frenético de pulseira. Depressa livra-se de uma e outra calça.
O primeiro beijo na boca.
— Quer ser...
Gostinho danado de velha bagana catada no cinzeiro e acesa outra vez.
— ... meu avalista?
— ...
— Não responde, bem?
— Agora não fale.
— Ai, não agüento mais.
Deitada, estende os braços. Ele, de calça, colete e óculo, vai por cima.
— Ponha.
— Não entrou. Espere um pouco.
— Está no lugar?
— Ponha tudo. Tudo o que puder.
— ... (Óculo turvo.)
— Mais. Tudo. Mais.
Em delírio sacode a cabeça:
— Ai, que bom. Como é bom. Quero por baixo. Depois por cima. Seu puto. Quero tudo.
Tão pequetita, não lhe alcança a boca.
— Me dá um carrinho vermelho, bem?
— ...
— Quero mais. Continue. Que é bom. Não pare. Você não fala? Meu marido...
Ele sente os rodopios da barriguinha, o remoinho da concha nacarada.
— ... não presta mais. Que falta eu sinto. Faço tudo. Poxa, por que não fala? Peça...
— Ai, amor. Pisque. Agora.

63

— ... o que quiser. Grande puto. Rasgue. Mais. Quero tudo. Tire sangue. Mais.
— Eu já.
— Ah, não. Já? Tão ligeiro?
Pingo de suor na pálpebra. O coração aos berros da corrida louca. Uma veia na testa ao ponto de explodir. E ela? De pobrezinha, choraminga.
— É aqui?
— Bem aí. Que mão boa. Abençoada. Ponha a mão inteira. Ai, como é bom. Quero ir por cima.
Com ataque rola o branco do olho — que tal se essa bichinha morre?
— Agora se vista.
Já arrumadinho, óculo um tanto embaçado.
— Depressa. Pode ter gente na sala.
Mão no bolso, dá-lhe as costas.
— O primeiro quem foi?
— Meu noivo. Mais a velha ralhava, eu mais sapeca. Até que aconteceu.
Tinido de pulseira, colar, brinco. "Ai, desgraçado, não olhe."
— O relógio bateu bem na hora. Duas da tarde.
Atrás da porta da cozinha. De pé.
— Era menor?
— Dezoito anos. Já viu.
— Foi bom?
— Doeu. Mas não muito. Como arrancar um dente mole.
— ...
— Não achei emprego. E caí na maldita vida.
Ele apanha a bolsa vermelha, insinua duas notas dobradas: olhinho amarelo de cobiça. Sabe — quantas são? — o que ela pensa.
— Já enganou teu marido?

64

Lá fora pode abrir e ver. Tarde para reclamar que é pouco.
— O doutor é o primeiro.
Três anos casada. Bancário, forte, bigodão.
— Sempre uma criança chorando entre nós. Sábado ele é a pajem. A vez de fazer a mamadeira. Conhece o que é bom.
A menina de dois anos, o pequeno de alguns meses.
— Cansada de lavar roupa. Saudosa das festinhas do passado. No salão cuido da beleza. Com tapinha na barriga. Ela é japonesa, a massagista. E — já pensou? — ceguinha.
Sem tirar a carteira, o doutor alcança um cigarro.
— Não me oferece?
— Que pena. O último.
— E faço umas comprinhas.
— Como hoje.
— Ele perdeu o interesse. Se queixa de fraqueza.
— ...
— O que pode ser, doutor?

MAIS DORES, MAIS GRITOS

A CARECA debaixo do lençol branco, o médico repete o vergonhoso exame. Afogueado, volta-se para o pobre João, que estrala o nó dos dedos:
— Caso perdido. Sinto muito. Não há esperança.
Do consultório Maria foge em lágrimas. Agitando a esquecida sombrinha azul, o marido corre atrás.

— Mais uma noite de dores e gritos.
Dia seguinte vem o caminhão e carrega tudo. Só deixa o que é dela: o velho fogão, a pequena geladeira. Leva a cama de casal, a tevê, o sofá de veludo, a cristaleira. Mais panela, talher, louça.
— Até a pia arrancou da parede.
Só fica um prato, um copo, uma colher — a caneca do *Amor* em letra dourada. Maria deita vestida no chão, tiritando no casaquinho de lã.
João, o desgracido, instala-se com a loira na meia-água.
— Não sei o que viu nela.
Bem que sabe: uma falsa loirinha no poder e glória dos vinte anos.
Toda semana ele visita a dona abandonada. Entrega um dinheirinho para o café e o pão. Pernoita e — já existe uma cama — quer intimidade.
— É louco por mim. "Você me arrebenta, homem de Deus."
Nove anos e meio de choro e ranger de dentes.
— Sabe que não pode."Me rasga, bandido."Bem que ele quer."Tira sangue, seu puto."
O famoso doutor André, com pena da moça — a melhor parteira do hospital —, aceita operar. Exige a presença de João:
— O resultado não garanto. Caso melindroso. Nem se ela sobrevive.
Oito horas dura a restauração. Com enxerto de pele da coxa. Depois o cilindro de plástico cinza com furinhos.
— Sabe que o doutor nada cobrou?
Pudera, fotos coloridas para exibi-las — *antes* e *depois* — no congresso médico.
Maria, essa, põe e tira o medonho instrumento.
— Nem cicatrizada, ele já queria.

Como sustentar duas mulheres e duas casas? João vende com prejuízo os móveis — menos a pia, lembrança do finado pai.

De volta com a malinha preta amarrada no barbante.

— Bêbado outra vez.

Basta ir com a loira e recai no vício.

Esbofeteia-se com ódio, as lágrimas molhando o bigode:

— Vocês duas querem me destruir.

Ela afaga-lhe docemente a nuca.

— Só desejo o teu bem.

Com muita luta deita-o na cama:

— Quem fez você? Fui só eu. Quem o acorda de manhã se não perde o emprego?

E quem mistura droga no viradinho com torresmo para que abandone a garrafa?

Resposta de João o pontapé no inocente guapeca espichado na varanda:

— Desconfio que ela está grávida.

Até ser despejada, a vez da loirinha dormir no chão com dois cobertores, um azul, outro amarelo, única recordação dele.

— Já não é a mesma.

De Maria toda a culpa.

— Antes muito apertada.

Sofre com ele — ó gritos — e com o maldito cilindro — ó dores.

— Agora mais que uma rampeira de rua.

— Nem assim me dá sossego. Daí quer tudo. O que é proibido. Me deixa em carne viva.

Dois murros na mesa:

— Você não é mulher. Ela é mais que você.

Véspera de Natal a dona muito humilde:

— Hoje o que vamos fazer, João?

— Você não sei. Eu vou pescar.
Oito da noite chega com saquinho de bagre e lambari. No maior pileque, amparado pelo amigo. Cachaça e cerveja, muita cachaça, pouca cerveja. A pobre limpa o peixe, ele bebe, cara sanguinosa. Sem aviso, agarra no pescoço para a esganar. Já sufocada, lembra que é cosquento. Com tempo, ufa, de assanhar os cabelos crespos do peito.
— Teu pai fosse vivo, ele ia gostar?
Em vez de avisar a polícia, a moça abre a janela e grita pela tia Eufêmia, que ele respeita.
— Não é que a velha fica contra mim?
Depois ele vomita no tapete novo e a dona segura-lhe a testa lavada de suor frio — um Natal bem tristinho.
De manhã outro porre com a tia Eufêmia. Entra de braço com ela, manca de tão gorda.
— Veio jantar comigo.
Maria o que fazer não sabe. O último bagre comido no almoço. Frita bolinho de feijão e serve angu de cabeça de lambari.
Novo-Ano, duas da manhã, ele senta-se na cama e acende a luz:
— Não posso mais. Eu volto para ela.
— Não vá, João. Agora não tem ônibus.
Ligeiro veste-se e nem se despede. Descalça na chuva, ela corre atrás, que fim levou?
Cinco dias, ele de volta. A dona repara na cueca e na meia os fiapos azuis e amarelos.
Por uma vizinha, Maria informa-se da rua. Lá pergunta:
— Conhece uma loirinha? Uma tal Lili?
— Ali no bangalô verde.

Três donas desquitadas, o dia inteiro entra e sai homem. Só uma cama. Na hora de folga dormem abraçadas.

Maria chega pelos fundos: cozinha imunda. No canto os dois cobertores, um azul, outro amarelo. Uma cadela se coça, batendo a perninha no soalho. Galinhas ciscam no corredor. Pergunta a uma das fulanas:

— A Lili está?

De táxi vai ao célebre Salão da Tetéia.

— Aqui trabalha a Lili?

— Qual o assunto?

— É particular.

De chapéu na porta o João, avisado por uma das três. Na frente dele o encontro.

— De mim não tem pena, sua sirigaita?

A loirinha abre o guarda-pó rosa:

— E o que tenho aqui dentro...

Exibe a linda barriguinha.

— ... não vale nada?

Maria ergue a sombrinha e dá na cara da vagabunda. A custo João separa as duas. Ela desce a escada chorando e sem a sombrinha florida.

De noite aparece o distinto.

— Será de quantos meses?

João rompe em soluços. Ela medrosa de ter batido. A outra podia perder. Afinal, de quatro meses. Ou cinco? Maria pensa, pensa e propõe:

— Que ela tenha o filho. Você traz para casa. Eu crio para nós.

Ele sacode-a pelo gasnete:

— Você não é mulher.

Maria retruca nome feio. Ele dá um soco na mesa, sem reparar no prato — a mão ferida nos cacos, sai bastante sangue. Tia Eufêmia acode e quer chamar a polícia.

Na doida esperança de ganhar o filho, Maria faz enxoval completo. Sapatinho de lã. Touquinha de crochê. Babeiro de florinha.

Cantando ele toma banho. Veste o único terno, limpo e escovado pela escrava. Todo lampeiro no encalço de sua loira fatal.

— Ela cuida bem da criança?

João estrala o nó dos dedos:

— O menino vive assadinho. Chora cinco dias sem parar.

O encontro dos dois no ônibus. Faceira no terninho azul, blusa decotada, dentinho de ouro. O cabelo acaju esconde os primeiros fios brancos.

— Novidade, hein? Já não é casada?

— Uma cesariana. A aliança aqui na bolsa. Não uso com as luvas.

Previne a tia Eufêmia, visitada pela outra:

— Que não venha aqui. Me faço de louca. Ela eu mato.

Cada semana aparece o João. Sempre fogoso, quer a toda força. Até mesmo às três da tarde. Manda a tia Eufêmia preparar um cafezinho.

No quarto ele nem tira o paletó. A moça afasta-lhe da testa o cabelo grisalho.

— De você não quero carinho.

A gorda esbaforida arrasta a perna, já bate na porta. Ele desiste, contrariado.

— Até perdeu a carteira. Eu que achei debaixo da cama. E, boba, devolvi.

Desconfiada, tia Eufêmia não os deixa sozinhos. Ele desabafa:

— Assim não dá. Vamos a uma pensão?

E você foi? Nem ela.

71

— Isso é pergunta? Para uma dona casada? De mim quer fazer a amante. Já viu?
O menino com três meses — e a outra nada de entregar. Trancada no mísero barraco. Proibida de ir ao salão. E oxigenar o cabelo. Magra, de olheira, ainda mais bonitinha.
— Duvido seja filho dele. Sempre rodeada de homem. Até a querida de uma das três.
Maria põe e tira o infame cilindro. O doutor André pede paciência. Que João não tem.
— Me acusa de fria. Eu, fria? Sei o que ele quer: as duas na mesma cama. E o filho no meio. Com a cabeça onde estou? Credo comigo.
Sete da manhã, acorda com as fortes batidas na porta.
— Que houve, João?
— Sonhei com você. Vim ver se tem novidade.
— Que história é essa? Me acordar a essa hora? Mal cheguei do hospital.
— Estou com sede.
Só de camisola, meio escondida atrás da porta.
— Então entre.
Trouxe o copo d'água — não é o que ele cobiça.
— O que está pensando? Tem mulher. Nova, bonita. Eu, pobre de mim. Que barbaridade, homem. Passe a mão nela. Poxa.
Copo na mão, ele entra no quarto:
— Que invenção é essa? O travesseiro ao pé da cama?
— Por causa do calor.
Espia debaixo da cama e dentro do guarda-roupa.
— Tiau, Maria.
— Obrigada pela visita, João.

Cinco da tarde, entra apressado e joga o paletó na cadeira.

— Isso que dói. E ofende. Depois de tudo o que sofri. Não foi uma operação. Foram três.

Fiapos azuis e amarelos na camisa, na cueca, na meia. Ele queixa-se de tontura, suor frio, dorzinha enjoada na nuca. Mão trêmula, acende um cigarro no outro.

— Aqui tem tudo. A casa outra vez mobiliada. Por que não volta?

Em vez de responder, olha aflito para o relógio.

— Tudo já fiz. Até o que não as três desquitadas. Por baixo. Sentada. Por cima. De pé.

Sem tirar o óculo escuro — oh, não — ele a derruba no sofá vermelho. Mais dores e mais gritos.

O BAILE DO COLIBRI NU

Sentadinho na escada, mão no queixo: a carinha enrugada no corpo do menino de oito anos. Em cada olhinho suspensa uma lágrima vermelha.

O doutor abre a porta. Mais que o João se esforce, não acodem as pernas.

— Fique sentado, rapaz. O que foi?

— O juiz me chamou. Quer pensão, a desgraçida.

— A Maria?

— Amanhã no fórum. Dez horas. Levo o doutor comigo.

— O oficial de justiça que intimou?

— Dou uma nota para o doutor.

— Não posso, João. Amanhã eu viajo. Ouça meu conselho.

— Então não vou.

— Se foi chamado, vá. Mas não assine nada. Entendeu bem?

— Estou carpindo a rocinha.

— Que rocinha é essa?

Chega-se o parceiro das noitadas no Balaio de Pulga.

— Sou o Carlito, doutor. É uma rocinha de milho. Às meias com o Perereca.

— Ih, meu Deus. Logo o Perereca. Não é ele que bebe?

— Mais que o pai, doutor.

— Só milho torto há de vingar.

João cabeceia, um fio de baba fosfórea no queixo imberbe.

— Oi, João. Está me ouvindo?

Exibe a lingüinha azul do vinagrão — uma ostra que não pode engolir nem cuspir.

— O doutor vai. Não é, doutor?

— Já disse que não. Você deve ir. Só não assine.

Derruba no joelho o chapelão de palha, um risco branco na testinha lavada de suor frio.

— Já sei. Não assino.

Gruguleja um palavrão e oscila perigosamente no degrau.

— Carlito, não é? Me diga. Ele quis mesmo se enforcar?

— Subiu na cadeira, enfiou a corda no pescoço, o nó correu. E caiu de pé bem vivinho.
— E a Maria? Está com o André?
— Do André não sei. Com o Joaquim é todo dia. Não tem segredo.
— Como é que pode? Feia, peluda, óculo escuro?
— Tem mais, doutor. Quando estavam juntos, o João voltou de repente. Às duas da tarde. Deu com ela e o Juca. Na cama.
— Não adiantou prendê-la na garupa da bicicleta.
— Pelas costas só xinga de Colibri o hominho.
— E os barracos quantos são?
— Eram três. Agora dois. Vendeu um, que foi desmanchado. E bebeu todinho no Balaio de Pulga.

O triste colibri ressona bolhas de espuma no canino de ouro.

— Ei, João? E a tua filha, João? Com quem ficou?
— Diabo de nego. Toquei o porco do nego.
— Você não respondeu. Está com você? Ou com a Maria?
— Comigo. Tanto quer saber. Ajeitei o paiol para o nego.
— Que negro é esse?
— ...
— O negro fez arte com a menina, doutor.
— Peste de nego. O nego sujo.
— Deu queixa para o sargento?

Sacode a cabecinha grisalha, bate a pestana que já se fecha.

— O doutor não sabia do baile nu?
— Epa, que história é essa?

— O negro já de olho na menina. Que é bonitinha. Embebedou o João. O negro na cachaça. O João no vinho tinto. E deu a idéia do baile.
— Barbaridade.
— Trouxe a filha do Gervásio para o Colibri. E quis para ele a menina.
— Ah, negro safado.
— O doutor sabe aquela radiolinha do João? Ligou a todo o volume. Nosso Colibri, o mais pequeno e barulhento. No melhor da festa os vizinhos reclamaram do barulho. E a polícia acabou com o baile.
— Não me diga.
— Quando chegou o sargento, viu todos pelados. O negro com a menina do João. E ele com a filha do Gervásio. De doze anos. Que tinha fugido do asilo.

Daí o Carlito ri gostoso. O doutor dá um passo para trás.
— Ele se gabou. *Fui preso, sim.* E batia no peitinho sem nenhum cabelo. *Antes derrubei dois praças.*
— Pouca vergonha, João.
— Dele não é a culpa, doutor. Foi o negro. O sargento abriu a porta, a música bem alto — e todo mundo nu.
— Com a menina de doze anos!
— Tivesse mais, doutor, já seria maior que ele.
— ...
— Não fez mal para ela. O negro, esse, fugiu pela janela. Mas o João foi fácil. Carregado — nu e esperneando de botinha vermelha — no colo de um praça. Sem tempo de alcançar a pistolinha.
— O último dos heróis.

— Levaram para a cadeia. As meninas na sala do sargento. Não é que o velho Gervásio quis dar parte do João? A guria, sorte dele, estava inteira.
— ...
— O negro, sim, perdeu a filha do João. Um negro daquele tamanho, já viu? E o juiz casou com separação.
— De corpos. E o bandido guardou a menina?
— O João arrumou para os dois o ranchinho dos fundos.
Furioso o Colibri ostenta na cinta o punhal e a pistolinha.
— Esse nego porco. O diabo do nego sujo.
— Entendeu bem, João? Você precisa ir. Nada não assine.
Repuxa no pescocinho o enorme lenço encarnado.
— O doutorzinho é meu pai.
— Só faça trato de boca.
— Os três barracos são meus. O hominho que ganhou. Foi o hominho que trabalhou.
— Metade é do hominho. E metade da Maria.
— Não se fie, doutor. Essa é uma traidora. De que lado o doutor está?
— Vá para casa, João. Dormir na cama.
O gigante dos colibris ergue-se no salto da botinha.
— Acuda o hominho.
Pende pra cá e pra lá, upa, abraçado na palmeira.
— Não vai longe esse hominho.

ORGIA DE SANGUE

— Trouxe a revistinha.
— Quem te deu?
— Aquele senhor. Já te falei. Quer ver?
— Bem juntinho.
Admirando página por página.
— Veja que delícia.
Beberica o uísque e aprecia as belezas.
— Essas posições eu conheço todas.
— Olhe só. Barbaridade. Mãezinha do céu.

— Você nunca fez? Com duas é tão bom. Nem imagina.
— Você tem uma amiga?
— Credo. Agora sou casada.
— Puxa, veja. Que confusão. Como é que pode?
— Me dá um golinho.
Primeiro bebe, depois responde.
— Que pena. Acabou.
Ela mordisca-lhe o pescoço.
— Agora é nossa vez.
Já corre o fecho da calça.
— Espere aí.
Duas voltas na chave. Cerra a cortina. Abre o sofá.
— Assim é melhor.
Pelado e de meia preta.
— Virgem. Esqueci a calcinha.
De malha branca, embola e joga debaixo do sofá.
— Fique de sapato. Gosto de salto alto.
— Todo branquinho, hein?
Melhor não, o perigo do medonho bico negro.
— Deixe o sutiã.
Pronto, o beijinho furtivo na boca — um só.
— Quero ver essa lingüinha de lagartixa.
Por entre a roupa dispersa ela alcança a revistinha.
— Vá espiando.
— Espere. Minha cabeça fora do sofá. Mais para lá, você.
— Nossa. Igual o velho dragão de São Jorge.
Um olho na revista, outro olho nela.
— Por quê?
— Espirra fogo.
— Qual das duas você gosta mais?

— Só duas? Bem mais que duas. Quer ver?
Exibe-se de frente, sentada, de costas, de joelho, sei lá.
— Ai, que mão boa. Abençoada.
— Pare. Pare com isso.
— ...
— Mais devagar.
Esquecida no chão, a revistinha.
— Agora, anjo?
Ela é dama e valete do famoso Kama Sutra.
— Veja como é quentinho.
— Agora, bem.
— É aqui? Já tiro sangue.
Babuja o pescoço para se defender do beijo na boca.
— Pisque, anjo. Ai, que beleza.
— Mais um pouco. Seu puto. Me rasgue.
— ...
— Mais. Ponha tudo. Você me mata.
— ...
— O que puder. Tire sangue. Bata. Arrebente. Mais. Ai, que eu morro.
— ...
De joelho, ela cata debaixo do sofá.
— Só? Nem mais uma?
Todo vestido, estende duas notas por sobre a mesa.
— Não tenho. Como é que aprendeu?
— Por aí. Na vida.
— Foi com o André?
— Esse não. Acho que tem vergonha. Me viu menina. Só me desconta cheque. Sabe, o de dois milhões? Dei para um. Ele passou para outro. E caiu na mão do agiota.
— Agora está perdida.

— Não quer ser meu avalista?
— Pobre de mim. Tem algum amor?
— Quem eu tive já morreu.
— Em menina ninguém te agarrou?
— Me lembro que tinha cinco anos. A mãe ia buscar água.
— Não tinha na casa?
— Só de poço. Para beber ela trazia da bica. Me deixava sentada na cadeirinha. Eu ficava abanando o avô. Com uma ventarola de papelão. Ele tinha falta de ar. Estava nas últimas.
— O que ele fazia?
— Afogado usava a bombinha, que era a minha inveja. Sofria por não ser asmática, já viu? Quando morreu deixou essa bombinha para mim. Até hoje tenho.
— Não foi isso que perguntei.
— Só pensa nisso, hein?
— Conte, vá.
— Paixão foi a do velho Pedrinho. Era aposentado. Me perseguia pela cidade. De cada esquina saía atrás de mim.
— Onde eram os encontros?
— Na pensão da Tetéia.
— Dele você gostava?
— Me dava tudo o que eu pedia. Setenta e três anos. Eu, na flor dos dezessete. Casado com uma mulher sem queixo. A filha doida fechada no sótão.
— Tua mãe nunca desconfiou?
— Só uma vez ela disse: *Seu Pedrinho é um velho sujo.*
— O que ele fazia?
— Era gordo, sempre bufando. Não chegava a... Me pedia: *Conte. Quando era menina, conte. Você com a Ditinha. Conte, anjo.* Eu repetia o que

82

ele ensinava. De repente, aos gritinhos: *Agora, anjo. Agora.* Tão cansadinho que precisava dormir — até roncava. Não podia se abaixar. Eu que lhe calçava o sapato. Tadinho do meu avozinho, sabe que morreu?

— E o da revistinha? Quem é?
— Senhor muito distinto. Atiçadinho. Viúvo.
— Gosta de velho?
— Sempre que preciso ele me ajuda.
— Teu marido não desconfia?
— Deus me livre.
— Os filhos são dele?
— Quem sabe melhor que eu? Depois do segundo eu voltei a sair. Antes não podia arriscar.
— Não há perigo?
— Quem falou de mim bem que pagou. Se a mãe começa, eu digo: "Pare, mãezinha." Mas você pára? Nem ela. Com um dente só.
— Aqui na frente?
— Já disse: "Não se queixe, mãezinha." É dor aqui, dor ali. Me faz passar cada vergonha. Quando ela mastiga...
— Com o último canino.
— ... eu viro a cara. Uma porque não sai da janela. Outra que se pinta demais. "Isso a senhora enxerga, não é? Ainda se queixa que está cega. Olhe que Deus castiga."
— Que tipo você gosta?
— Mocinho, não. Só de homem feito.
— Como eu?
— Você é muito querido. Sabe que Deus castiga? Todas que falavam de mim. Veja a filhinha do doutor. Me desprezava. E no que deu? O marido não sai do boteco. O filho com uma pedrada no olho. Lembra-se da Odete? Tanto falou, agora

83

veja. Correndo atrás do paraguaio. Existe maior cafajeste? E a Lili? Toda pura. E agora? Nos braços do sargento. Lá no banco da praça. Nua debaixo do casaco. Viu como falar não presta?
— E teu marido na cama?
— Triste de mim. Cada um no seu canto.
— Mais nada?
— Sou perseguida por uma doutora.
— Não diga.
— De jaleco. Cabelo curto. Voz grossa. Deixou crescer o bigode.
— E o maridinho, ele sabe?
— Agora vou encontrá-lo. Ai, já me atrasei. Os filhos no colégio.

Três beijinhos na face. De aflição até a revistinha esqueceu.

O QUINTO CAVALEIRO
DO APOCALIPSE

A DONA chama ao pé da escada.
— Sabe quem está aqui?
Em resposta o resmungo de um palavrão.
— O André.
— Já vou lá.
O amigo sorri para a gorda baixinha.
— Como vai ele?
— Fica deitado, bebendo. Sonha acordado com dinheiro. Telefona, folheia o jornal.

Amparado no corrimão, ele desce em cueca rosa, chinelo aberto de couro.
— Que calor, hein?
A mulher sacode a cabeça, arzinho de censura.
— Amigão velho. Que agradável surpresa.
— Grande saudade. Que aconteceu? Você não aparece mais.

Atormentado pela corruíra nanica, araponga louca da meia-noite, medusa de rolos coloridos no cabelo, sai desesperado em busca do primeiro amigo.
— Conhece o meu drama.

João acomoda-se na velha poltrona de couro, um calço de madeira no pé quebrado. Coça os pêlos pretos ao redor do mamilo.
— O que está olhando, mulher?

Cruza o gambito seco e branco riscado de veias azuis.

Ela, sem graça, quem diz: Esse João.
— Espiando as minhas belezas?
— Admiro a tua postura.
— Não tenha medo. Sei receber uma visita.

Metade das vergonhas à vista — nem são belas. Balançando a perna, estala o chinelinho no alvíssimo calcanhar.

Na mesinha ao lado toca o telefone. Ele escuta e sem tapar o bocal:
— É esse rapaz. Cheque sem fundo. Mais um.

Vira-se para o janelão, aos brados:
— Pedrinho. É com você.

A voz esganiçada lá fora.
— Quem é?

Desempregado, com mulher e filho, instalados no quarto sobre a garagem.
— É do banco.

Nenhuma resposta. A dona cochicha:
— Diga que não está.
João inclinando a cabeça para trás e devassando as ricas prendas.
— Como é? O gerente diz que..
Ecoa na sala o berro furioso do filho:
— Não encha, velho. Vá à pequepê.
Sem se perturbar, ergue o fone:
— Amanhã? O último dia? Dou o recado.
E sorrindo, quem sabe divertido, para o amigo:
— Não estranhe a linguagem. Sabe como é. Essa nova geração.

Entra o caçula Dadá. Vinte anos, quase dois metros, magro no último. Carinha imberbe, macilenta. Falhas no cabelo, das aplicações de cobalto. Roupão felpudo sobre o pijama azul, canela à mostra. Eterno riso baboso, cumprimenta o amigo do pai.
— Sabe que não divide? Até hoje.

Mão trêmula, alcança a garrafa — menos da metade — sobre a mesinha.
— Meu problema é não ter fé. Faço força. Em nada acredito. Podia escrever como aquele poetinha. Na parede branca da igreja — *Merda para Deus*.

Relutante, pisca o olhinho vermelho.
— Você quer?

Mesmo com vontade, o amigo recusa — para que serve o amigo?
— Essa aí corre atrás de charlatão e curandeiro. Até a famosa Madame Zora, benzedeira, vidente, ocultista. Experimenta vacina, pílula amargosa, garrafada.

Bebe aos pequenos goles, sem água nem gelo.

— Já me ensinaram umas orações. Eu rezo, não nego. Mas não acredito.

O rapaz, que adora o pai, ri embevecido. Repuxa a perna mais curta da operação — ai, tarde demais.

— Não repare. Oito anos de idade mental.

O filho imita o gesto. Repete a palavra na mesma inflexão:

— *Esse nego pachola é uma besta.*

— Ele não divide. Soma. Diminui. Multiplica muito mal. Dividir que é bom, nada. Não é, meu filho?

— *Esse nego pachola...*

— É feliz. Do dinheiro não tem noção. Incapaz de fazer um troco.

— *... é uma besta.* Há, há.

— Sua paixão é o Nero. Olha a fera latindo lá fora. Com medo do escuro. É a sua primeira e única namorada.

— Que é isso, João? O que o André...

— A paixão do oligofrênico. Bom título, hein, para chorinho brejeiro.

— Ai, Jesus. Hoje é dia de injeção. E são nove da noite.

— André, você sabe aplicar? Ele não sabe, Dadá. Tem que ir sozinho. A farmácia ali na esquina. Se não a achar, meu filho...

— Nossa, João.

— ... siga para a roda dos enjeitados.

— O que o André vai pensar?

Mais uma dose, mais um gole. No riso feroz joga para trás a cabeça. De relance o brilho róseo da dentadura superior.

Alegrinho, o rapaz interfere na conversa. O amigo quer dar-lhe atenção. De conta que não

88

ouve, João o ignora. Dividida a mulher entre os dois, porque é mãe.
— *Boba foi a Princesa Isabel. Não assinasse a Lei Áurea...*
Curvado de tão alto, o mesmo gesto, a mesma inflexão do pai.
— *... agora o quintal cheio de negrinho.*
— Além de idiota, esse animal...
Que arranca um punhado de cabelo, sorrindo olha-o cair no tapete.
— ... é escravocrata. Sabe que estou igual a ele?
— ...
— Sem coragem de ir até a esquina. Comprar o jornal e o cigarro. Sabe que não dirijo mais? A rua me dá medo.
— ...
— Será que você não escuta?
— O que, João?
— Lá na esquina. Outra vez o relincho. Do quinto cavaleiro do Apocalipse.
— Bobagem, meu velho.
— Sabe o que diz essa aí? *Seja homem, João!*
— Não se entregue. Reaja.
— Essa aí que me faz a barba. E corta o cabelo. Ó guia tutelar. Meu anjo benfazejo.
O rapaz ouve deslumbrado para depois repetir.
— Não fale bobagem, João. O que o André...
— A mãe de dois idiotas. Ser mãe não é gozar no inferno? Ainda bem que sossegado, o Dadá.
Bate o chinelinho e pisca para o amigo:
— Sabe o filho cretino do Bento?
— Credo, João.
— Se o Bento se descuida ele come a Dulce.
— ...

— A Dulce é a mãe.
Virando-se para a dona aflita.
— E a minha sopa, mulher?
— Com licença, André. Hoje está impossível. Só não repare.
Na passagem agarra a mão do filho.
— Você vem comigo.
João cruza os pés sobre a mesinha, espreguiça-se.
— Será da bebida? Olhe. O bichão em riste.
— Feliz da Maria. Entre duas almas a única ponte...
— Muito bobinha. Educação antiga.
— ... é o falo ereto.
— Uma vez peguei uma doença. Chego em casa esfregando a testa. Ai, maldita sinusite. Daí não resisti. Enfiei nela quatro injeções. E a burrinha nem desconfiou. Cuidado com a pistoleira de inferninho.
— Hoje tem tanta moça de programa.
— Minha lua-de-mel em Paquetá. Três dias para entrar na Maria.
— ...
— Era duro cabaço.
— ...
— Só consegui no terceiro dia. Ficou toda faceira, a pobre.
— Já o velho Tolstói na primeira noite com a gordinha Sofia... Só dores e gritos.
Bocejando, João estende os braços em frente, acima, atrás da cabeça. Aperta as mãos, estrala o nó dos longos dedos — a unha roída até a carne viva.
— A Beatriz, lembra-se? Dançando tango no clube? No passinho floreado, borbulhava debaixo

do braço. E girava com o tenente Lauro. Erguia o pezinho atrás. O salão só para os dois. Tão linda — e a espuma fervendo no sovaco.
— No tango ela era o Rodolfo Valentino.
— Eu e você, no domingo, espiando lá da moita.
— A corrida tonta das polaquinhas atrás da igreja.
— Lenço azul florido na cabeça, blusa rendada amarela. Mal erguiam a comprida saia vermelha e abriam a perna.
— De pé. Olhando ariscas para o lado.
— Do jato espumante a fileira de buracos na terra preta.
— Ó santas polaquinhas sem calça.
A dona volta com o prato cheio até a borda.
— Deixe aí na mesa.
Enche a colher e, ao soprar, espirra nos cabelos do peito — um e outro branco.
— Que droga, Maria. Esqueceu o queijo.
— Já misturei, João.
Treme na mão a colher fumegante de letrinhas. O amigo e a dona inquietos — ele já derrama. Ergue a colher, faz bico, chupa ruidosamente.
— Eu não disse?
Uma gota escorre até o cabelo crespo do umbigo. A dentadura mal ajustada, os grossos pingos no peito, de cueca rosa, que merda.
— Bem me lembram o velho Pangaré.
O grande João, um galã, assassino de corações, é isso?
— Sabe o Pangaré? No trote meio de lado. Nunca me enganou. Aquele olho grande. Branco e úmido.
— ...

— Era veado, o Pangaré.
A mulher interrompe:
— Tenha paciência, João. Por que não põe a bandeja no colo? E usa guardanapo?
Ele olha, arzinho de deboche.
— Enfio nos cabelos do peito?
— A Maria tem razão.
Cordato, pega a bandeja, coloca-a sobre o joelho.
— Mulher indigna.
Com os risos quase vira a bandeja. No chá do clube o nego Bastião serve a broinha de fubá mimoso feita na hora. Bom costume, cada um apanha uma só. Ele oferece pelo salão a peneira cheia de broinha. E a Fafá com a mãozinha papuda: *Uma para mim. Uma para Titi. Outra para...* Essa não, o Bastião já recolhe a peneira: *Mulher indigna.*
— Gorda, de bigode, sombrinha lilás. Enfiava a broinha no mamelão do seio virgem. Lembra-se?
— Dela e da sombrinha. Era mesmo lilás.
Umas sete colheradas, olho vermelho meio fechado pelos vapores capitosos.
— O cheiro da bola de couro, lembra-se? De que o Ivã tanto gostava.
— De couro, sim, com listas.
— Esse cheiro de infância, ai de mim. É o pobre vestidinho de tia Lola, pendurado no cabide. Ali enterrava a cabeça, respirava fundo. Jardim das delícias, nele me perdia.
— Não foi ela que morreu? Com quinze anos?
— O cheirinho está comigo. Na dobra da pele. Debaixo da unha.
Repõe a bandeja na mesa, ao lado da garrafa. Acende o cigarro e cruza a perna.

— Olhe os modos, João.
— Você insiste no Zé de nhá Eufêmia. Mas foi o Pacheco. O viúvo com as filhas mais feias da cidade. Conheceu as Pacheco?
Com a unha borrifa de cinza o caldo imaculado.
— Eram medonhas.
A dona preocupada com a cinza.
— Um cafezinho você toma, André?
Antes que ela alcance a bandeja, João afunda na sopa o cigarro, que chia e fica boiando.
— Me desculpe, Maria. O café me tira o sono.
— Olha, meu velho. Aqui entre nós. Li o seu último livro. Sabe do quê?
— Primeiro escrevo. Depois me arrependo. Ou nunca mais escrevo.
— Sobre o que viu já contou tudo. Você precisa, André, escrever sobre o que não viu.
— ...
— Falando das Pacheco. Se te dissesse que alguém serviu-se da mais feia?
— A Carlota, que era anã e corcunda? Ó céus, essa não.
— Essa mesma. O próprio tenente Lauro.
Ali na sala o sossego da pracinha onde o pulo de um sapo era distração.
— Que será da Heloísa? Que fim levou a deusa da nossa primavera?
— Hoje se parece com a Zezé do Cavaquinho. Buço negro e tudo.
— Foi linda. Mais que Zenóbia, a famosa rainha de Palmira.
— Por ela tio Paulo vendeu todas as jóias da mulher.
— Pudera. A mulher dele, tia Cotinha, era homem.

93

— Cabelo de homem, voz grossa de homem, botina de homem.
— A Heloísa foi fiel ao tio Paulo?
— Então não sabe? Deu uma carta para ele botar no correio. Que abriu no bafo da chaleira. Era a carta... Espicha os braços e estrala os finos dedos de ponta amarela.
— ... para o amante.
Às gargalhadas os dois. De volta a mulher, séria.
— Sabe quem a roubou? Foi o... Não me acode. Como é o nome do coisa? O grande senador. Com olho branco vazado e tudo.
— Não me conformo. Tio Paulo enterrado em Antonina.
— Foi a vontade da Cotinha.
— Pior não é isso.
— ...
— É que ela morreu. E foi junto.
— Ele para sempre junto de quem não queria.
— Mais sorte do nhô Silvino Pádua. Deu catarata nos dois olhos. Só repetia baixinho: *Meu consolo é que, em vez de nhá Zefa, vejo uma nuvem.*
— E o Quinco, o pobre. Encontrei há tempo na rua. Sabe o que disse? *Agora estou...* E o dedo torto inclinado para o chão. *Viver para quê, João?*
— Também com setenta anos.
— E a Raquel, lembra-se? Jogando vôlei no calção preto de elástico?
— O mesmo joelho grosso do pai.
— E a coxa mais branca na face do abismo. Foi prometida de um capitão. O meigo rosto sem-

pre arranhado pela barba do noivo. Ó penugem mais lisa na nuca de traiçoeira lagarta-de-fogo.
— Virgem louca, loucos beijos. Morreu solteira, a triste. O capitão Vasco era bicha.
— E a Dolores? Que era separada. Tinha furor. Ficava encharcada de suor. A filha aos gritos no quintal com o piá da vizinha. E a Dolores ia com um depois de outro.
— Ai de mim. Minha vez não chegou.
— Nem carecia pagar. Dava porque gostava e precisava. Cortou o pulso pelo Nando.
— O Nando era bonitão. Mas vaidoso. Reparou como ele andava? *Veja*, dizia a bundinha. *Como sou gostoso*.
— Menos do que pensava que era.
— Sábio era o Dico. Desde rapazinho. Mandavam ao sítio comprar erva. Saía direitinho a cavalo. Ali na Estrada das Porteiras esquecia a erva. Para comer goiaba na chácara de tia Colaca. Eles já sabiam. Rangia a porteira, era o Dico atrás de goiaba.
— Ai, goiaba vermelhinha nunca houve. Igual à da chácara de tia Colaca.
— E a Lili Pinto? Que eu vi descalça na loja do Elias Turco. Comprava papel de seda encarnado. Loira, o pé grande na areia quente. Por ela eu roubava e matava. Com meus dez anos. Já era doido por mulher. Ela na flor dos dezesseis. Por ela São Jorge lambia os pés do dragão. No vestido de chita azul com bolinha branca.
— Hoje mais feia que Joana, a Rainha Louca.
— Sabe o nego pachola? A que se refere o escravocrata. Esse nego de beiço roxo e bunda baixa. Bêbado na perninha vesga. Gemendo e chorando a velha paixão pela Sílvia.

— Ó Sílvia que foi minha, que foi tua, que foi nossa.
— Ano passado cruzei com ela. Na Praça Tiradentes, era domingo, três da tarde. Torto no colo o cachorrinho pequinês, inteirinha bêbada. Ainda bem não me viu.
— Agora você foge. Antes corria atrás. De joelho e mão posta.
— E a Laura? A famosa Laura, por quem o Tadeu jurou a morte do Nonô.
— Com um tiro nas costas na casa da Rita Paixão.
— Não foi brio do Tadeu. Ela era doente.
Olho risonho para a mulher que, estalando as agulhas do tricô, ouve distraída.
— Sofria daquela doença vergonhosa.
— Que vem lá das entranhas.
— A Laura passou por mim. Faz dois meses. Foi na Rua Riachuelo. E não era a Laura.
— ...
— Era um bode de barbicha.
— O Nonô tocando violão, de costas para a janela. Sentado na cama da cafetina. E o assassino só afastou a cortina xadrez. Ele caiu vomitando sangue na colcha de retalho.
— A célebre morte do Nonô. Uma gota de sangue espirrou em mim e você. O grande boêmio e galã. Ele, sim, teve todas as mulheres.
— Irmão do Tibúrcio. Que se matou debaixo de uma laranjeira. Por amor contrariado.
— O tiro no ouvido esquerdo. Deu volta na calota e saiu pela boca.
— Paixão recolhida foi a minha. Pela Eunice. Você não conheceu. Sorriso triste, não falava. O

silêncio mais inteligente que todos os salmos de Davi. Que dentinho doce, que olho mais azul.
— A Eunice? Dos Padilha? Fraca da idéia, coitada. Não desconfiou pelo sorriso? Até hoje molha na cama.
— ...
— E a Glicínia, que era ruiva? A irmã ainda mais. Só que bonita.
— Tão enfeitada que o marido dizia: *Parece biombo de puta francesa.*
— Que audácia a do velho Bortolão. Sempre na casa da amante. Desfilava com ela no circo. Dona Celsa, a triste, toda linda e branca. Roía a unha atrás da vidraça.
— Tanto roeu teve câncer no fígado.
— E a única Percília no passinho de gueixa, mantilha e sombrinha verde. Exibia o dedinho na luva de crochê: *Fui noiva do tenente. Só eu.*
— O famoso tenente Lauro.
— *Se duvida, veja a aliança.* Tirava do dedo e, para confusão geral, ali as iniciais: *L. T.*
— Hoje um tipo popular. Saia vermelha e descalça. Os meninos lhe jogam pedra na rua.
— E da Rosita você esqueceu?
João coça deliciado uma pereba no cotovelo. Espicha a comprida perna sobre a mesa — a unha cravada no dedão.
— Me cuido. Soube do tio Artur? Evito a flebite. Me diga uma coisa.
— Decerto. Rosita, por quem um viúvo, não me lembro o nome...
— Ela pensava que era a Jeanette MacDonald.
— O mesmo riso argentino.
— Só que a Jeanette MacDonald com piorréia.

— Ai, como esquecer a Viviane Romance? De franjinha, enrolando a eterna meia preta na coxa fosforescente?
— Minha paixão foi a mulher do Tyrone Power. Como era o nome?
— Anabela.
— Mamãe não gostava. Dizia que tinha olho ruim. De dona traidora. Ainda mais francesa.
— Quando ela apanhou sinusite fiquei na maior aflição.
— Sabe o que fiz? Hoje posso contar. Escrevi três cartas de amor para a Diana Durbin. Em português castiço, assinatura e endereço.
— ...
— Ao pé da página — prova suprema do amor — o contorno em nanquim do falo ereto.
— Pior foi o Neizinho, lembra-se? Com a notícia do noivado dela, sem poder ir à Califórnia, cortou fundo a gilete nos dois pulsos.
— Pela Ann Sheridan o primeiro porre de gim. Entrei em coma. Lembro que estava de suspensório de vidro. E de liga — era o tempo da liga presa com botão.
— E o grande Ramon Novarro? Ai, que nojo. Eu queria ser como ele.
— Bicha mais louca.
— Lembra-se da morte? Setenta anos, bêbado e místico. Caçou dois rapazinhos. Uma orgia, sim. Mas de sangue. Aos socos e pontapés, massacraram o nosso galã. Uma posta sangrenta de carne. Denunciada aos vizinhos pelo mau cheiro.
— Como era a frase de Jesus? Ao que tem, tudo lhe será dado. E ao que nada tem? Até isso lhe será tirado. Não bastava o grande Sócrates. E o pobre Tchaikovski. Era preciso o Ramon Novarro.

— Ele, sim, cavalgou na garupa do quinto cavaleiro.
— Sócrates, Tchaikovski, Ramon Novarro. Ainda podia entender. Mas e a Greta Garbo?
— ...
— Por que lésbica? Tinha mesmo de ser? Então nada é sagrado?
— Pobre amigão velho de guerra.
— Tenho ereção. E não posso acabar. Já viu isso?
— Não será o contrário?
— Muito engraçado. Um médico me receitou injeção. Dura não sei o quê.
— O nome diz tudo.
— Eu sou burro? Com a minha hipertensão. Sabe que me salvei do derrame? Faz um ano. Do ouvido e nariz esguichou sangue. Tomo uma injeção dessas, olhe aqui...

Dá uma banana com o braço.

— ... estou fodido.
— Então não abuse.
— Veja bem. Não é falta de ereção.

O dedinho empinado diante da mulher posta em sossego.

— Não consigo é acabar.
— Você que é feliz. Já eu... Com a minha ejaculação precoce.

Eis a filha que entra, nervosinha. A mais velha, beirando os trinta anos. Foi noiva, mas o noivo fugiu.

— Madame Zora telefonou, mãe. Sabe o que disse?
— Não cumprimenta o André, minha filha?

99

— Oi, tio. Tudo bem? É inveja, mãe. Devo me cuidar da inveja.
— É mulher de terreiro?
— Só freqüentado por gente fina.
— Damas e galãs.
— Não acredite em bobagem, menina. Você tão bonitinha. Inveja só faz mal ao invejoso, nunca ao invejado. Lá em casa deixaram uma vela amarrada em laço preto — obra do capeta. Daí chamei nhá Chica. Que é feiticeira. Pegou um galho de arruda. Fez as rezas em volta da casa. Entregou a vela enrolada em jornal: *Vá, meu filho. No primeiro rio jogue esse embrulho. A favor da correnteza.* Assim eu fiz. E a inveja se foi.
— Sabe, mãe? Que o tio tem razão? Onde é a casa de nhá Chica?
— Está muito nervosa. Amanhã o vestibular.
Grande olho aceso, perna encolhida no sofá, sacudindo o pezinho.
— Não seja boba. Dá tudo certo.
— Diga boa-noite para o André. Amanhã eu madrugo. Um dia cheio. Com a menina no vestibular. E o rapaz no hospital.
Risonha sai a mãe abraçada na filha.
— Merda, o fim da garrafa.
— Também já vou.
— Um filho mandando à pequepê. Outro é escravocrata. Tem os dias contados. A filha com mania de terreiro. Gemendo e chorando o noivo perdido. E eu, ai de mim. Era a última garrafa.
Acompanha o amigo até a porta.
— Daqui não passo. Aí fora me dá medo. Olhe lá, o grande puto.
— Não vejo ninguém.
— Ele sabe a quem relincha.

Descansa-lhe no ombro a mão delicada.
— Apareça, amigão velho. Não esqueça o conselho, hein? Escreva sobre o que não viu.
Treme o lábio e pisca o olho. Mas você chora? Nem ele. Ainda é um durão.

Seja um Leitor Preferencial Record
e receba informações sobre nossos lançamentos.
Escreva para
RP Record
Caixa Postal 23.052
Rio de Janeiro, RJ – CEP 20922-970
dando seu nome e endereço
e tenha acesso a nossas ofertas especiais.

Válido somente no Brasil.

Ou visite a nossa *home page*:
http://www.record.com.br

Impresso no Brasil pelo
Sistema Cameron da Divisão Gráfica da
DISTRIBUIDORA RECORD DE SERVIÇOS DE IMPRENSA S.A.
Rua Argentina 171 – Rio de Janeiro, RJ – 20921-380 – Tel.: 2585-2000